어느 날 문득,

춘 천
전 주
경 주

일러두기

· 이 책은 북노마드 '어느 날 문득' 시리즈 중 한 권입니다.

· 전주에서 태어나고 자란 이지예 작가는 전주와 남이섬, 경주에서 태어나고 자란 조안빈 작가는 경주와
춘천을 살고 여행하며 이 책을 준비했습니다. 저자 순서는 가나다순입니다.

어느 날 문득,

춘 천

전 주

경 주

이지예
조안빈
지음

북노마드

춘천 春川

전주 全州

경주 慶州

가장 멋진 여행이 무엇일까, 고민했던 날이 있었습니다. 그러다 아주 가까운 곳, 늘 곁에 있었던 그곳에 스미어 있는 아름다움을 발견했습니다. '여행'이라는 말이 조금은 어색하게 가 닿을 수도 있는 우리의 땅, 우리의 도시로의 여행이 가장 멋진 여행이 될 수 있겠다는 생각을 했습니다. 그곳은 나의 고향이기도 하고, 당신의 고향이기도 합니다. 우리가 나고 자랐을 이 땅, 여기에 우리의 여행이 있습니다. 다시 그곳에 살고 싶은 만큼 아름답게, 삶의 저변에서 스스로 반짝이고 있던 도시들. 그러다 떠오른 몇 개의 도시가 있었습니다. 도시라 부르기에 조금은 덜 번화한 느낌, 정겨운 시골 같은 느낌도 드는 곳. 많은 이들에게 사랑받고 회자되는 도시. 춘천, 전주 그리고 경주였습니다. 그 도시들을 떠올릴 때면 친구의 얼굴이 떠오르곤 합니다. 작별 인사를 하고 몇 걸음 걸어가다 문득 뒤를 돌아보았을 때 오도카니 서서 내 뒷모습을 바라보고 있던, 다시 몇 걸음을 걷다가 뒤를 돌아보면 여전히 그 자리에 서서 손을 흔들어주던, 그래서 자꾸만 뒤를 돌아보고 싶게 만들던, 그 친구가 말입니다. 그리고 춘천과 전주 그리고 경주가 참으로 그 친구를 닮았다는 생각을 하게 된 것입니다.

지금 내가 먼저 이곳을 떠나더라도, 어느 날 문득 고개를 돌려 보았을 때 제자리에서 나를 기다리고 있는 곳, 나를 반기며 손을 흔들어주는 곳. 아마 그곳에 우리들의 추억이 넘쳐나기 때문인지도 모르겠습니다. 세계 일주나 오지 탐험처럼 거창한 여행은 아니지만, 언제고 우리가 문득문득 다녀왔던 작고 소소한 도시 여행 속에 내 추억도, 당신의 추억도 모두 서려 있기 때문입니다. 그래서 이 책에 실린 시공간과 작은 추억들 모두 우리의 것입니다. 세 도시 중 이미 당신의 추억이 뒤섞인 곳도 있겠고, 내일의 당신에게 새로운 추억으로 남게 될 도시들일지도 모르겠습니다. 그래서 더 귀한 우리의 추억, 우리의 도시 춘천 전주 경주입니다. 이제 그 친구와 가장 멋진 여행을 시작합니다.

2013년 여름의 초입, 당신의 뒤에서
이지예 조안빈

세월의 흔적을 따라
낭만을 읽다
아름다움을 좇다
여유롭게 걷기
일상 가까이로
더 특별하고 싶은 날
봄 시내를 들이쉬다

춘천 春川

봄의 시내라는 예쁜 이름의 춘천.
어디에서든 쉽게 물과 숲을 만날 수 있다.
그래서 춘천은 한 박자 쉬어가기 좋은 곳이다.
세월의 흔적과 춘천만의 멋을 품은 정겨운 도시.

춘천
Chuncheon

교통

서울에서 춘천으로

경춘선 전철과 ITX 청춘열차로 인해 춘
천은 일상에 한층 가까운 도시가 되었
다. '춘천 가는 기차'는 사라졌지만, 서
울과 춘천을 잇는 ITX 고속열차를 타고
다시 춘천을 향해 떠나보는 건 어떨까.

경춘선 일반열차

춘천역과 상봉역을 오가는 일반 복선전
철. 배차 간격은 평일 평균 15~20분,
토 · 휴일 평균 25~30분.

ITX 청춘열차

용산역과 춘천역을 오가는 ITX 열차.
180km/h급 2층 열차. 배차 간격은 출
퇴근 시간대 30분, 기타 시간대 60분.
용산역과 춘천역을 오가는 열차는 청량
리, 평내호평, 가평, 남춘천역에 정치하
고, 청량리역과 춘천역을 오가는 열차
는 평내호평, 청평, 가평, 강촌, 남춘천
에 정차한다.

시외버스

동서울종합터미널, 센트럴시티터미널
에서 탑승. 춘천시외버스터미널 하차.
1시간 20분 정도 소요된다. 요금은 1만
원 이하.

한 박자 쉬어 걷는,

춘천

언젠가 본 영화 속의 여자는 바닷가 마을, 숲속 마을, 도시 등등의 이곳저곳을 옮겨다니며 살고 있었다. 그 영화를 보고서 나도 이 도시 저 도시를 옮겨다니며 길게는 1, 2년씩 살아보고 싶다는 생각을 했다. 그런 생각을 시작으로 꼽아본 도시들 중 하나에 춘천이 있었다. 대학생 때 MT에도 별로 참여한 적이 없어서 친한 친구들과 가평으로 짧은 여행을 한 번 다녀온 것이 전부였던 곳. 그 한 번을 빼고는 경춘선을 타본 적이 없었기에, 오히려 그래서 더 춘천에 대한 애틋함이 있었을지도 모른다. 〈춘천 가는 기차〉라는 노래도 한몫했고. 그런 춘천에 가게 되었다. 용산에서 경춘선 남춘천행 기차를 탔다. 무궁화호가 아닌 ITX로 바뀐 것에 아쉬움이 남긴 했지만. 조금은 갑작스럽게 시작된 여행. 이사는 많이 해봤지만 집에 머무르는 것을 좋아해 여행을 간 적은 별로 없어서 여행이란 말이 아직은 어색하다. 여행이 아니라 다른 말을 붙여야 하는 게 아닌가 싶기도 하다. 한 번도 가본 적 없는 동네에 직접 숙소를 잡고 출발 날짜를 꼽아본 것은 처음이었다. 바빠 새로운 계획을 세우거나 무언가 시작해야 할 시기인데 모두 미뤄버렸다. 이런 와중에 여행이라니. 기대 반 걱정 반이다. 찬찬히 발음해본다. 춘-천. 연이은 ㅊ의 소리는 어딘가 가볍게 뜨는 소리가 난다. 두 글자에 모두 받침이 있는데도 조금은 경쾌한 느낌.

　　다섯시를 조금 넘어 도착했다. 남춘천역에 내리니 왠지 빙긋 웃음이 난다. 해가 길어져 저녁이 가까운 시간인데도 먼 풍경까지 눈에 들어온다. 내 나라 안의 풍경에서 이국적인 느낌이나 낯선 풍경을 찾는 일이 쉽진 않지만, 역시 아직 춘천이라고 해도 혹은 춘천이 아니라고 해도 의심스럽지 않을 풍경이다. 호반의 도시라고 하니 습기가 많아 축축하지 않을까 생각했는데 도리어 공기에서도 풍경에서도 건조함이 느껴진다.

김정은 전통가옥
Gimjeongeun Traditional Houses

　　겨우내 장작을 넣어 불을 때는 구들
방 아랫목에서 뜨끈뜨끈하게 자는 것을
상상했었는데, 봄의 춘천에서 그런 아랫
목에서 이틀을 지내게 되었다. 마당에 들
어서니 구수한 군불 냄새가 가득하다. 남
쪽은 벌써 봄으로 깊이 들어섰지만, 춘천
의 봄은 아직 겨울의 한기가 남아 있어
뜨끈뜨끈한 아랫목에 얼른 몸을 뉘이고
싶었다. 100년이 넘었다는 전통 한옥집은

여전히 나무장작으로 불을 때 방을 데우
는 방식을 사용했고, 산을 등진 채 안채
와 사랑채, 행랑채가 있었다. 시설은 현대
식이지만 화장실이 거처와 분리되어 밖

에 있는 것이 옛날 방식 그대로라 불편할
듯했다. 추운 겨울이 아니라 감수하기로
했는데, 막상 화장실을 갈 때마다 절로
올려다보게 되는 기와지붕과 하늘을 보
니, 평소 집안에서만 잔뜩 움츠린 채 모
든 것을 해결했던 내게 이런 알싸한 바깥
공기가 필요했겠구나 싶었다.

| 김정은 전통가옥
춘천시 신동면 정족리 643번지
010. 2582. 2923
blog.naver.com/jawana

다음날 아침. 낯선 방에서 선잠을 잔 것치곤 꼭두새벽에 눈을 떴다. 새소리 때문이었다. 한지를 바른 덧문이라 그런지 밖의 새소리가 방안까지 가득 찼다. 청량하게 들리는 크고 작은 새소리들은 이전에는 들어본 적 없는 다양한 소리의 어울림이었다. 오늘은 어제 남춘천역에 내리기 전 지나왔던 김유정역에 가보기로 했다.

'동백꽃', 김유정역, 김유정문학관, 실레이야기길
Gimyujeong Station and Gimyujeong Literature Museum

　　사람 이름을 한 김유정역. 도착하던 날 보았던 남촌역과는 많이 다른 분위기
다. 새로 생긴 누런 기와건물의 역사에 전철만 서고, 원래 있던 김유정역은 이제 기
차 운행은 하지 않고 문을 닫은 채 덩그러니 있다. 텅 빈 무궁화열차 서너 칸이 옛
김유정역 앞에 멈춰 있다. 작고 아담한 옛 김유정역에 더 마음이 끌려 텅 빈 역사
주변을 맴돌았다. 역이 있는 이 동네는 소설가 김유정이 나고 자란 곳이다. 이곳을
떠났다 돌아온 김유정은 마지막 눈을 감는 순간까지 이 마을에 머물렀다고 한다.
김유정은 안쪽에 있는 실레마을에서 자랐다. 그 마을 곳곳에서 보고 겪은 일들이
김유정의 소설에 고스란히 담겨 있다. 김유정 소설 속 흔적들을 따라 동네를 한 바
퀴 돌 수 있는 '실레이야기길'도 생겼다.
마을 입구에 있는 김유정문학관에는 김유정의 생가를 복원한 집과 그의 글을 기리
는 작은 공간이 있다. 길지 않은 그의 소설은 교과서로만 읽어보았지 큰 관심을 가

진 적이 없었는데, 이곳에 와서야 김유정의 생애와 글을 다시 되짚어보게 되었다. 스물아홉이란 나이에 죽은 줄도 몰랐다.

문학관 앞 담벼락에는 생강나무꽃이 피어나고 있었다. 김유정의 '동백꽃'은 우리가 흔히 알고 있는 붉은 동백꽃이 아닌, 생강나무꽃을 말한다고 한다. 강원도 사람들은 전부터 노란빛 생강나무꽃을 동백꽃이라 했다. 그의 책에 나오는 동백꽃도 그리고 〈소양강 처녀〉의 노랫말에 나오는 동백꽃도 모두 생강나무꽃이었다. 그 사실을 알고 노래를 다시 불러보니 또다른 느낌이었다.

문학관에서 나와 실레이야기길의 작은 지도를 들고 이야기를 따라 걷는다. 김유정의 고향이자 작품의 무대가 되었던 곳이며, 소설 속 이야기들이 실제로 존재했던 곳이라니 의미가 깊다.

걷다보면 장소마다 소설에서의 이야기를 그대로 따라 '덕돌이 장가가던 신바람길' '점순이가 나를 꼬시던 동백숲길' '장인 입에서 할아버지 소리 나오던 데릴사위길' 등이 있다. 비록 지금은 낮은 산자락에 자리한 여느 농촌마을과 다를 바 없는 모습이긴 하다. 하지만 '김유정이 코다리찌개 먹던 주막길'처럼 실제 주막이 있던 곳을 지나며 본 적도 없는 주막과 막걸리를 마셨을 김유정을 떠올리게 되니, 비슷한 모습의 촌마을이라고 해도 다 같은 마을이 아니게 된다.

| 김유정역
춘천시 신동면 경춘선
| 김유정문학촌
춘천시 신동면 실레길 25
033. 261. 4650
am 09:00 – pm 17:00 (동절기 am 09:30 – pm 17:00)
휴무일 월요일, 1월 1일, 설날 및 추석 당일

낭만누리
Nangmannuri

　김유정문학관 가는 길에 황토벽의 건물이 하나 있다. 개관한 지 얼마 안 된 관광정보관이라고 하는데, 마침 '한국전쟁 직후 춘천의 일상'이란 제목의 사진전을 하고 있었다. 춘천에서 근무했던 미군 토머스 누조가 당시 주변 사람들과 생활을 찍은 사진들이었다. 1950년대 우리나라의 생활 모습과 그 시절의 사람들의 모습이 남아 있는 사진들엔, 저만한 동생을 업고 있는 여자 아이, 백색 저고리를 입고 곰방대를 문 할아버지와 시골장터, 지금은 흔적도 없는 누런 황톳길이던 풍경들이 있었다. 배고프고 힘들었음에도 천진한 웃음을 짓는 이들의 모습을 닮은 내 나라의 사진은, 보는 이가 겪어본 적 없는 시절이라 해도 괜스레 향수에 젖거나 눈시울이 붉어지게 한다. 다시 숙소로 돌아가기 위해 마을을 나서다 한번 돌아본다. 오십여 년 전 사진 속의 산과 들. 아이들의 흔적이 혹시 남아 있지 않나 두리번거리며.

고택에서의 마지막 아침, 밤새 비가 내렸던 모양이다. 어제보다 새소리는 줄었
지만 덧문을 여니 젖어 있던 흙냄새와 뒷산에서 불어오는 시원한 바람이 코를 톡
쏜다. 오늘은 아침으로 주인 아주머니께서 고운 상을 차려주셨다. 오디를 올린 화
전과 엿물, 고구마, 비지전 등 솜씨가 좋으신 모양이다. 배불리 아침을 먹고 방명록
을 펼쳐놓고 뜨거운 바닥에 엎드려 무슨 말을 쓸까 고민을 하다 아까 먹은 화전을
그려놓고 일어섰다.

'여행자의 기분', 춘천세종호텔
Chuncheon Sejong Hotel

고택에서 나와 호텔로 숙소를 옮겼다.

1956년에 지어졌다는 춘천세종호텔. 기와지붕을 한 입구를 지나면 잔디밭과 아담한 호텔 건물이 한눈에 보인다. 뒤편은 바로 봉의산이라 산 쪽을 향한 방에서는 커튼을 걷으면 산의 나무와 진달래, 개나리가 바로 눈앞에 보인다. 지대가 높아 시내에서 호텔까지 걸어가면 금세 숨이 차지만 다 올라와 아래를 보면 춘천 시내가 한눈에 내려다보인다. 옅은 분홍빛 외벽의 높지 않고 단정한 호텔은 작고 오래되어 낡긴 했지만, 크고 화려한 것이 아님에도 호텔을 지켜내는 그것만의 고집과 기품이 느껴진다.

| 춘천세종호텔
춘천시 봉의동 15 - 3번지
033. 252. 1191

'옥천동', 옥천동, 춘천미술관, 봄내극장
Chuncheon Art Museum and Bomnae Theatre

| 춘천미술관
춘천시 옥천동 73 - 2
033. 241. 1856
| 봄내극장
춘천시 옥천동 73 - 2
033. 253. 7221

호텔 바로 아래에는 강원도청이 있고 조금 더 가면 춘천시청이 있다. 근처에는 한림대와 주택가가 있어 골목 탐방으로 동네를 돌아보기로 한다. 옥천동과 봉의동. 옛 동네를 걷는 기분이다. 조금 이전의 시간으로 돌아온 것처럼. 더러 텅 빈 상점들이 있었다. 그중에도 낡은 커튼이 걸려 있거나 다 말라버린 화병의 꽃이 아직 그대로 있는 의상실이라든가 수선실이라든가 하는 시간이 멈춰버린 텅 빈 상점 앞에 서니 기분이 묘했다. 그 외 작은 상점들은 대체로 깨끗한 모습으로 나란히 자리하고 있고, 구석구석 놓아둔 화분은 동네를 더 아기자기하게 보이게 했다.

동네 대부분의 집들은 마당이 훤히 들여다보였다. 더러 높은 축대 위에 세워져 보이지 않는 경우는 있었어도, 높은 담을 쌓거나 대문을 꼭 닫은 집은 거의 보이지 않았다. 이웃이라면 지나가면서 언제든 인사할 수 있을 것처럼 낮은 울타리나 담 없이 열려 있는 집들이 많았다.

길을 걷다 붉은 벽돌의 춘천미술관을 만났다. 춘천 지역의 작가들의 정기전도 열고 지역의 신진 작가를 위한 전시도 여는 것 같았다. 동네사람 누구라도 부담없이 들어갈 수 있을 분위기의 춘천미술관.

그 바로 뒤편에 난 계단을 따라 올라가면 봄내극장이 있다. 귀여운 벽면을 가진 연보라빛의 봄내극장은 봄과 어울리는 색감이다. 올라가는 길목에는 긴 스탠드형 조명 아래 테이블과 의자가 놓여 있다. 극단 사람들이 여기 앉아서 쉬거나 회의를 할까? 괜스레 앉아보고 싶어지는 자리였다.

'거두리', 마이 브런치 카페
Cafe My Brunch

숙소 주변을 둘러본 뒤 동내면 거두리라는 동네로 이동한다. 카페 거리가 있다고 했는데 가보니 신시가지 같은 곳이었다. 새로 지어진 아파트들과 빌딩들이 즐비한 가운데 군데군데 카페들이 있다. 줄줄이 사람들과 카페로 가득 찬 그런 거리를 생각하면 좀 다를 곳이지만, 사람이 적은 여유를 즐기기엔 딱인 곳이다.

느릿느릿 골목을 걷다 '마이 브런치 카페'라는 곳에 들어갔다. 모녀가 함께하는 카페였다. 주문을 하자 테이블에서 책을 읽으시던 어머니께서 따님과 함께 주방으로 들어가 먹을 것을 준비해주신다. 책장과 선반, 창가마다 북유럽풍의 장난감과 인테리어 소품들, 그릇들이 가득하다. 예쁜 색과 알록달록한 패턴들이 귀엽다.

파니니 샌드위치 세트와 리코타 샐러드를 주문했는데 샐러드의 양도 푸짐하고 리코타치즈도 듬뿍, 맛도 만족스럽다. 다른 손님들이 빠져나가고 우리 테이블만 남게 된 동안 주인 모녀는 창가 테이블에 앉아 책을 읽고 있었다. 주홍빛으로 물들어가는 오후 두 사람의 모습이 참 잘 어울렸다.

| 마이 브런치 카페

춘천시 동내면 거두리 1113 - 1 (거두책지길 65 - 11)

033. 263. 5252

까사블룸
Casa Bloom

다시 숙소로 돌아가는 버스를 타러 가던 길에 작은 꽃집을 마주쳤다. 밖에 나와 있는 화분이라든가 안쪽에 언뜻 보이는 꽃들이 예사롭지 않아 잠깐 기웃거리다 들어가보았다. 꽃집은 많고 또 꽃들은 모두 예쁘지만 조금 특별하거나 유난히 예쁜 꽃을 파는 꽃집은 의외로 없다. 그런 면에서 까사블룸의 작은 쇼케이스는 온통 특별하고 예쁜 꽃들로 가득했다. 크고 작은 화분들에도 신기하고 어여쁜 잎을 가진 식물들이 가득해 한참을 구경했다. 젊은 여주인도 발랄한 웃음으로 모르는 꽃의 이름들을 하나하나 다 알려주었다. 마음에 드는 꽃들이 많아 춘천에 오래 머문다면 이것저것 가득 가져가고 싶었는데 아쉬운 대로 솔채꽃 한 줄기, 아네모네 두 줄기, 종이꽃 한 줄기로 작은 다발을 만들었다. 5천 원의 행복이다.

춘천에서 처음 마주하는 노을. 해가 지고 있다. 내 집이 아닌 잠시 머무는 숙소로 돌아가는 길. 작은 꽃다발을 사들고 가는 일이 낯설면서도 이런 것도 여행에서 누릴 수 있는 매력일까 생각하는, 아직은 여행이 낯선 나.

| CASA BLOOM
춘천시 동내면 거두리 1022 – 1번지 101호
033. 263. 7321

'날짜 경계선', 제이드 가든
Jade Garden

　햇볕은 따뜻하지만 바람엔 아직 찬 기운이 가득하다. 바람이 멈추면 다시 뜨거움이 느껴질 정도의 봄 햇살. 강촌역에서 수목원으로 가는 셔틀버스를 탔다. '숲 속에서 만나는 작은 유럽'이라는 타이틀의 제이드 가든. 옅은 갈색 벽돌로 예쁘게 지어놓은 유럽풍의 건물이 입구부터 등장한다.

입구의 레스토랑에서 점심을 먹었다. 꽃채소 비빔밥과 연잎밥. 꽃채소 비빔밥 위에 꽃잎이 그대로 얹어져 나오는데 예쁘기도 하고 아까워서 바로 먹지 못하고 한참을 바라봤다. 예쁜 것만큼 맛도 담백하고 맛있어서 아까워하던 꽃잎 하나 남기지 않고 싹 비웠다.

아직 공기가 조금 차지만, '꿀블루베리 주스'라는 이름
의 음료에 계속 미련이 남아 결국 한 잔 사들고 걷기 시
작했는데 달고 시원한 블루베리에 꿀까지, 정말 맛있다.
제이드 가든의 식물원은 이탈리안 가든, 키친 가든, 코티
지 가든, 윈터 가든, 마녀의 집, 나무 놀이집 등으로 나뉘
어 있는데 구석구석 붙은 이름들이 재밌어 지도를 보며
찾아가게 된다. 한참을 걷다 조금 쉴 겸 꽃물결원 앞 벤
치에 앉았다. 날개 달린 벌레 한 마리가 자꾸 주변을 맴
돌며 자켓 자락에 앉았다. 꺼내놓은 스케치북 위에도 앉
았다 간다. 강원도의 봄은 늦구나. 이틀 전까지만 해도
일찌감치 목련도 벚꽃도 다 지고 다음 차례의 꽃들이 얼
굴을 내밀던 곳에 있었는데. 지구 반대편 한겨울의 나라
에 가는 것보다 한두 발자국 느린 계절의 장소에 오는
것이 다른 풍경을 즐길 수 있게 한다. 4월 말인데도 아직
겨울의 흔적이 고스란히 남은 제이드 가든에서. 아, 바람
은 멀리 갔나보다. 목덜미가 뜨거운 게 꼭 한여름의 그
것이다.

| 제이드 가든(수목원)

춘천시 남산면 서천리 산111번지

033. 260. 8300

am 09:00 – 일몰시, 연중무휴

어른 8,000원 중고생 5,000원 지역민 5,000원

함지 레스토랑
Hamji Restaurant

　　요즘처럼 패밀리 레스토랑이나 대형 음식점이 많지도
않고 대부분의 사람들이 가난했던 시절, 특별한 날이면 가던
저마다의 식당이 가족마다 있었을지도 모른다. 함지 레스토
랑은 춘천사람들에게 꼭 그런 장소였을지도 모른다는 생각
이 든다. 이제는 보기 힘든 경양식 레스토랑. 딱 옛날 레스토
랑의 느낌이 남아 있는 이곳도 1980년부터 처음 모습 그대
로, 메뉴도 그대로, 음식을 만들고 일하는 사람들도 그대로
영업중이라고 한다. 붉은색의 테이블보와 여기저기 가득 놓
인 화분들. 주문을 받으러 오시는 까만 조끼에 흰 셔츠를 단
정히 입은 웨이터는 젊은 아르바이트생이 아니라 아버지(?)
뻘 되는 아저씨이시다. 정중하게 야채수프와 크림수프 중에
어떤 걸 고르겠냐고 물으신다. 붉은 색 토마토소스가 들어
간, 얼큰한 우리 음식 마냥 시원한 야채스프를 먹고 있으니
곧 조금은 촌스러운 듯한 샐러드와 무가 나왔다. 아직 나이
어린 나도 추억에 잠기게 할 정도여서 촌스럽다기보다 흐뭇
했다. 돌아다니며 제대로 된 끼니를 못 먹은 나를 위한 선물
로 생선그릴을 주문했다. 크림소스가 얹어진 도미가 뜨끈뜨
끈한 접시 위에 놓여 있는 걸 보니 미소가 절로 지어졌다. 여
행자로서 레스토랑에 들어와 경양식을 먹는 일이 조금 생뚱

맞기도 하다. 하지만 예상치 못한 곳에서 만난, 깔끔하게 차려입은 아저씨 웨이터와 온기 가득한 음식은 신선하다고 해야 할까. 조금 특별한 기분이 들어 오랫동안 잊지 못할 것 같다. 음식을 다 먹어갈 즈음 한 가족이 들어왔다. 두 아이가 있었는데 어쩌면 저 아이들에게 오늘은 특별한 날일지도 모르겠다. 어디서나 볼 수 있는 두 아이가 있는 가족을 마주하고도 이곳에서는 90년대 드라마 같은 상상을 하게 된다. 사이좋은 가족의 단란한 시간이랄까. 내 마음대로 해보는 상상이지만, 맛있는 식사였길.

| 함지 레스토랑
춘천시 중앙로3가 60번지
033. 2540. 5221

쁘띠 프랑스
Petite France

'강마에 열풍'을 일으켰던 〈베토벤 바이러스〉 촬영지로 유명한 쁘띠 프랑스는 '작은 프랑스'라는 의미로 생텍쥐페리의 명작 『어린 왕자』를 테마로 꾸며져 있다. 매표소를 지나면 원형 야외무대가 나오는데 이곳에서는 시간대에 맞춰 각종 연주회를 감상할 수도 있다.

『어린 왕자』와 『야간비행』으로 유명한 생텍쥐페리 기념관에서 그의 친필 원고와 삽화도 만날 수 있고, 오르골 박물관에서는 다양한 오르골을 만나볼 수 있으며 오르골 연주도 들을 수 있다. 뿐만 아니라, 유럽 인형의 집, 골동품 전시관, 프랑스 고택을 고스란히 옮겨놓은 전시관 등도 볼 수 있다. 150년된 목재와 기둥, 기와, 바닥, 창, 가구를 들여와 프랑스 건축술로 지어 19세기 프랑스 주택에서 사용되었던 각종 생활용품을 그대로 감상할 수 있다. 전망대에 오르면 마을의 전경을 볼 수 있고 유럽 어느 한 도시에 와 있는 듯한 느낌과 함께 멀리 시원하게 펼쳐진 청평호를 바라보며 동심으로 돌아가는 기분도 느낄 수 있다.

| 쁘띠 프랑스

경기도 가평군 청평면 고성리 616

031. 584. 8200

am 09:00 – pm 18:00

대인 8,000원 청소년 6,000원 소인 5,000원

남이섬
Naminara

아주 오래 전, 기차를 타고 남이섬 여행을 간 적이 있었다. 그때도 〈겨울연가〉
촬영지로 인기 있는 곳이었는데 10여 년이 지난 지금도 〈겨울연가〉 촬영지로 유
명세를 타고 있는 것을 보면 드라마의 힘이 크긴 컸다는걸 다시 실감할 수 있었다.
비단 드라마 때문만은 아니라 남이섬이 연인들이 함께 걷기에, 즐기기에 충분히
매력이 넘치는 곳이기 때문이기도 할 것이다. 2006년 3월 '나미나라공화국'으로
이름을 바꾼 남이섬은 비록 짧은 거리이긴 하지만 배를 타고 들어가는 낭만을 느
낄 수 있다. 거리가 짧은 배를 타기에 다소 심심하다 싶으면 나미나루 주차장 앞에
서 이용할 수 있는 '짚 와이어'라 불리는 기구를 이용해 쇠줄을 타고 하늘을 가르
며 날아가는 방법도 있다. 아직 그럴 용기까지 나진 않아 배를 타고 도착하니 나미
공화국은 여전히 종횡으로 잘 가꾸어진 산책하기 좋은 가로수길로 맞이해준다. 메
타쉐쿼이아, 은행나무 등 수천 그루의 나무가 곱게 자라 그늘을 만들고 타조와 토
끼, 사슴이 한데 어울려 있고, 예술 작가들의 손길이 깃든 만큼 미술, 도자기 공예
등 멋스러운 창작품을 감상할 수 있는 매력이 넘친다.

〈겨울연가〉를 빼고는 남이섬 이야기를 할 수 없을 만큼 밀접한 관계가 있어 드라마 속 장면을 재현해놓았다. 촬영 장소가 아닌 곳이 없을 정도라고 하니 섬 구석구석을 돌다보면 드라마를 다시 보는 느낌이 들 수 있겠다. 여행지인 만큼 물가가 다소 비싼 부분이 있지만, 분식이나 북경오리, 일본식 벤또 등으로 식사를 해결할 수 있다. 하지만 자연과 가까운 곳인 만큼 도시락을 싸서 소풍 가듯 즐기는 것도 남이섬이 주는 여유가 아닐까 싶다.

| 남이섬
강원도 춘천시 남산면 방하리 198번지
031. 580. 8114
짚 와이어
동절기 am 09:00 – pm 18:00
하절기 am 09:00 – pm 19:00
(매월 첫째, 셋째 월요일 휴무)
1인 38,000원 (남이섬 이용료 및 도선료 포함)
유람선
am 07:00 – pm21:00 가평나루 첫 출발 후 30분 간격
am 09:00 – pm18:00 10 – 20분 간격으로 수시 운행
pm 18:00 – pm 21:40 남이나루 마지막 출발까지 30분 간격
일반 10,000원 중 · 고생 8,000원 초등학생 4,000원

'비오는 춘천', 길
Chuncheon Station

오늘은 비. 춘천에 도착한 지 5일째. 한 이틀 문득문득 하늘이 흐려지더니 드디어 비가 내린다. 축축하게 젖은 길을 느릿느릿 걸었다. 자전거를 빌려 의암호를 따라 난 길을 달리며 멀리까지 가볼 생각이었는데, 비가 오는 바람에 그렇게 할 수 없게 되어 아쉽긴 하지만 걷는 것도 나쁘지 않다.

춘천역으로 향하는 길 양옆으로 넓게 펼쳐진 땅이 있다. 커다란 나무도 듬성듬성 있고, 건강해 보이는 붉은 흙이 가득하다. 더러 잘린 통나무들이 쌓여 있는데 한쪽에는 주말농장을 한다고 쓰여 있다. 근처에 서 계시던 아저씨께 여쭈어보니 미군부대 자리라고 한다. 춘천역은 첫날 남춘천역이 그랬던 것처럼, 정겨운 역사의 모습은 아니다. 기차가 날로 빨라지면서 그 디자인이 매끄럽게 변해가는 만큼, 역사도 변해가고 있다. 사람들이 떠나고 돌아오는, 또 누군가를 만나기 위해 기다리고 도착하는 그들의 사정에는 전혀 관심이 없는 듯한 회색의 네모반듯한 역사.

유난히 낭만적으로 들리는 '춘천역'이라는 이름과 별개로 매정하게만 느껴지는 건물이다. 춘천역 앞에 서니 새로 지어졌다는 김유정역이 더 익숙하고 오래된 것처럼 느껴졌다. 역에서 얻은 지도를 보고 표지판에 의지한 채 길을 따라 걸었다. 평일 오전인데다 비까지 내리니 나처럼 어기적어기적 길을 걷는 한량이나 여행자는 만날 수 없었다. 그 편이 길을 걷기에 오히려 좋았지만.

조각공원
Sculpture Park

　토요일이라 평소였다면 사람이 많았을 텐데 비가 내리는 탓에 빗소리만 가득
하다. 산책 나오신 할머니 할아버지를 마주친 것 말고는 다른 이를 만나지 못했다.
걷는 이는 나뿐이다.
어느 동네에나 볼 수 있는 공원이지만 잔디밭에 조각들이 여기저기 놓여 있다. 작
은 아이들을 조각해놓은 것부터 회화에 가까운 조각 작품들까지. 빗속에서 조각들
이 더 짙어져간다.

| 춘천 공지천 조각공원
춘천시 근화동
033. 250. 3089

공지천과 의암호 둘레길
Gongjicheon and Uiamho

춘천에 와 처음으로 조용히 흐르는 큰물을 보는 날이다. 마침 비가 내리는 날에. 다리 옆으로는 짙은 물에 떠 있는 오리배들이 비를 맞고 있었다. 오리배는 물결에 따라 흔들리며 호수 먼 곳까지 그 파동을 보내고 있었다.

내가 살던 곳에서는 '물'을 마주칠 일이 거의 없다. 인공호수가 하나 있지만 생활과 근접한 곳은 아니니 물이 있는 풍경은 익숙한 풍경은 아니었다. 춘천 어디에서나 보인다는 봉의산을 나지막이 얹은 채 잔잔히 물결을 일으키는 호수는 새로운 풍경으로 다가왔다.

| 공지천 유원지
춘천시 근화동
033. 250. 3089
| 의암호
춘천시 서면
033. 250. 3068

물에 대한 혹은 물이 있는 풍경을 감상하기 위해 물에 풍덩 빠져 그 온도나 맛, 냄새를 맡을 수도 없고 어찌해야 좋을까 싶지만, 역시 이렇게 다리 위에 서서 바라보는 편이 가장 좋은 것 같다.

풍경이란 본래 돋보기로 들여다볼 것은 아니지만, 호수는 물이 흐르는 방향과 빗물이 떨어지며 맞닿아 생겨나는 그림들, 멀어지는 물결의 색들, 저멀리 산 아래 나무와 이어져 비치는 그림자들까지 보아야 한다. 자연이 만들어낸 모든 것이 그렇듯. 초점 없이 느긋하게 바라보니 만져지지도 않는 호수와 맞닿은 듯 온몸에 스며들며 그 속에 잠긴 기분이다. 언젠가 누군가가 수화기 너머로 바람과 물에 축축하게 젖은 목소리를 들었다고 한다.

오늘 같은 날, 내가 누군가에게 전화를 건다면 내 목소리도 그렇게 들릴까.

춘천시립도서관
Chuncheon City Library

    대도시가 아니고야 소도시의 서점은 대부분 부실한 편이고 사볼 것이 아닌 이상 편하게 보기도 어렵다. 트렁크 가득 책을 담아 여행을 떠나는 사람들도 있다지만, 나는 이미 팔레트와 소소한 짐들로 어깨가 무거워 책은 작은 것 딱 한 권이 최대치였다. 그러니 그 지역의 도서관으로 가서 언제 봐도 좋은 책이나 읽고 싶던 책의 아무 페이지나 펼쳐 주어진 시간만큼 읽다가 다시 길을 나서는 편이 좋을 것 같다고 생각했다.

다시 춘천의 시립도서관.

도서관에 자리를 잡고 보니 이제는 비가 와 자전거를 타지 못한 편이 나았구나, 하고 생각했다. 걸어오느라 시간은 더 걸렸지만 도서관에서 오랜 시간을 보낼 수 있게 되었기 때문이다. 1층에 있는 어린이실에 들어갔다. 아침 일찍부터 엄마 혹은 아빠와 함께 온 어린아이들도 있다. 도서관의 조용함과 작은 소리에도 울림이 생기는 그 공기도 좋아하지만, 어린이실은 좀더 느슨해 마음이 편해져 좋다. 불쑥불쑥 아무 책이나 집어 꺼냈는데 오늘따라 어여쁜 책들로 손이 갔다. 자꾸만 눈이 마주치는 꼬마에겐 손도 흔들어보면서.

| 춘천시립도서관
춘천시 삼천동 28 - 79
033. 254. 3887
어린이실 am 09:00 - pm 17:00
제1자료실 am 09:00 - pm 22:00(화 - 토), am 09:00 - pm 17:00(일)
제2자료실,정보검색실 am 09:00 - pm 18:00
휴관일 매주 월요일, 국가 지정 공휴일, 12.30 - 31(이틀)

'춘천 MBC', 소년상
Chuncheon MBC

이모라고 부르는 엄마의 친구분이 있다. 엄마의 친구분이지만 내게도 친구 같
은 이모이다. 이십 년 전 이모가 춘천에 다녀와서 춘천MBC 야외공연장 쪽 소년상
앞에서 찍은 사진을 보여준 적이 있었다. 그 소년상이 아직 있는지 궁금하기도 했
고, 다시 보고 싶어 춘천에 온 김에 찾아 나섰다.

도서관에서 나와 조금 걷다 길을 건너니 바로 춘천MBC로 나 있는 길이다. 애초
에 방송국에 볼일이 있어 온 것은 아니니 MBC 앞으로도 이어진 봄내길에서 보이
는 의암호를 한참 바라보다 소년상을 찾아 구석구석 둘러보았다. 하지만 아쉽게도
이젠 소년상이 보이지 않는다. 소년상이 사라진 이십 년의 세월 동안 또 많은 것들
이 변했을 것이다. 언제까지고 그 자리에 남아 있는 것들이 있는가하면, 수년 사이
에도 쉼 없이 바뀌는 것들이 있다. 나의 이십 년 후에는 또 어떤 것들이 변해 있을
지. 20년 전의 모습이 지금과 다르고 그 후가 또 다를 것이라 생각하니 뭐 하나라
도 내 눈에 꼭 담아두고 기억하는 게 좋을지 아니 그저 흘러가는 풍경으로 '지금
이 순간'에서 그치고 보내는 게 나을지 고민되었다. 잠시 생각에 잠긴다.

이모의 소년상은 어디로 갔을까.

'MBC 건물1층 갤러리 카페', 알뮤트
Cafe R. MUTT

MBC 건물 왼쪽 모퉁이를 향해 가면
알뮤트라는 카페가 있다. 주변을 잘 살
피지 않거나 모른 채 왔다면 지나쳐버렸
을 수도 있겠다 싶다. 비도 오고 입구 쪽
에서 전혀 내부가 보이지 않아 텅 빈 카
페에 홀로 들어서는 것이 아닐까 하며 한
숨 크게 들이마신 뒤에 들어섰는데, 카페
안은 이미 손님들로 가득했다. 내가 앉고
나서는 자리가 없어 손님들이 돌아나가
기도 했다. 홀에는 피아노도 있고, 창가
자리는 호수가 한눈에 들어와 자리가 비
는 즉시 다시 채워지곤 했다.

| 춘천MBC
춘천시 삼천동 238 - 3
033. 259. 1215
| 알뮤트 1917
춘천시 삼천동 238 - 3번지 1F
033. 254. 1917

갤러리 카페라는 이름대로 벽마다 그림
들이 걸려 있고, 소품들도 있었다. 예상
했던 것 이상으로 에너지 넘치고 사람들
의 생기가 가득한 곳이었다. 창가 자리는
아니지만 남의 테이블 너머 창밖을 보며
아주 단 음료를 홀짝 다 마셔버리곤 일어
섰다. 혼자 온 여행자가 4인석 테이블에
앉아 있긴 조금 미안한 공간이었다.

'춘천사람들의 빵집', 대원당
Deawondang

대원당!

춘천의 오래된 빵집이란다. 오래된 곳은 왜 그리도 좋게 느껴지는지(특히 맛있는 것을 먹을 수 있는 곳은). 춘천을 여행중인 내 안부가 궁금해 찾아온 반가운 친구와 함께하기에 이만한 곳이 없다는 생각이 들었다. 친구와 약속 장소를 대원당으로 잡고 신나게 걸어갔다. 초등학교를 지나고 화분이 가득한 미용실, 미니마우스가 그려진 낡은 문방구도 지났다. 작은 다리를 건넌 뒤 왼쪽으로 모퉁이를 돌면 바로 대원당이 있어야 했는데 그곳은 텅 비어 있었다. 새로운 곳으로 이전했다는 현수막만 바람에 펄럭이고 있었다. 아쉬움. 잔뜩 기대했던 빵들을 포기할 수 없어 택시를 타고 이전한 대원당을 찾아갔다. 같은 자리, 같은 모양으로 오랜 세월을 유지했다면 더 애틋했을 텐데. 어쨌거나 이름도 바꾸지 않은 채 어디서든 아직까지 이어지고 있다는 사실만으로도 기분은 좋았다. 새 대원당은 상상 속의 옛 빵집과는 조금 달랐다. 하지만 세련되지도 과하지도 않은, 어릴 적부터 먹어오던 단팥빵과 여러 종류의 크림빵, 달콤한 과자들이 가득했다. 빵봉지에 그려진 그림들도 귀여웠다. 암튼 나를 찾은 애틋한 친구와 함께 그곳을 찾았고 맛있는 빵을 먹을 수 있었다. '춘천사람들의 빵집'을 말이다.

| 대원당
강원도 춘천시 퇴계로 183

'커피 볶는 아저씨', 라르고
Cafe Largo

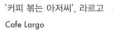

숙소 근처에 봐둔 카페가 있었다. 친구가 오면 가자고 해야지, 하고 봐둔 터라 바로 그곳으로 갔다. 카페 라르고. 미리 검색을 해보며 사진으로 먼저 눈을 익혀서 큰 기대를 하지는 않았지만 막상 들어서니 역시 직접 오길 잘했다는 생각이 든다. 주택을 개조한 듯한 카페에는 직접 만드셨다는 널찍한 나무 의자와 테이블들, 크고 작은 화분들이 가득했고 그릇장에는 예쁜 잔들이 너무 단정하지 않은 채로 놓여 있었다.

| 카페 라르고
춘천시 봉의동 2 - 13
033. 264. 3511

74

산 아래 지대가 높은 언덕쯤 위치해, 창가에 앉으니 동네가 저멀리까지 내려다보인다. 원하는 맛을 말하면 알아서 잘 내려주시겠다고 하여 부드러운 커피 두 잔과 와플을 주문했다. 드르륵드르륵 그라인더 돌아가는 소리 후에 따스하게 커피 내리는 냄새가 나더니 금세 와플과 커피가 나왔다. 갓 구운 와플에는 달콤한 시럽에 절여진 견과류도 함께 얹어져 더 맛있었다.

오랜만에 만나도 늘 어제 만났다 헤어진 것 같은 친구와 꼭 그런 대화를 하고, 낙서도 조금. 해가 지기 전에 더 동네를 돌아보기 위해 일어섰다. 어느새 비가 그친 카페 마당으로 나오니 화단과 화분마다 식물들이 많다. 둘러보고 있으니 아저씨가 나오셔서 다음주면 앵초가 예쁘게 피려고 준비중이라고도 하시고, 또 언제 오면 어떤 식물이 가장 예쁜지 이것저것 알려주신다. 아마 지금쯤 앵초꽃이 어여쁘게 피고 있을 텐데. 춘천에 다시 가면 오르막을 걸어서라도 또 가고 싶은 곳.

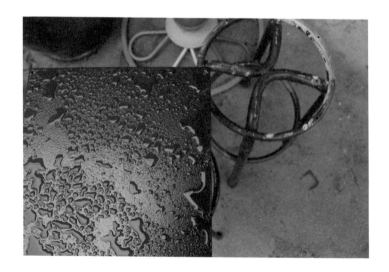

'낯선 길', 골목, 팔호광장, 춘천문고
Palho Square and Chuncheon Bookstore

카페에서 나와 동네 아래쪽을 향해 아무 골목으로 들어가본다. 겨울이 가고 봄이 오니 여기저기 손질하고 수선하는 집이랑 건물이 많아 골목골목 더러 소란스럽기도 하다. 아직 하늘이 비를 머금어 잔뜩 흐리다. 날이 흐리니 어제 본 맑은 하늘 아래의 동네와는 또다른 느낌이다. 팔호광장이 어떤 곳인지 궁금해 동네를 지나 찾아갔다. '광장'이란 말만 생각하고 갔더니 아차, 단지 커다란 교차로였다. 팔호광장에 가면 저녁 먹기 전에 벤치에라도 앉아 있을까 생각하고 있었는데.

잠시 그쳤던 비가 다시 내리기 시작해 비를 피할 겸 '춘천문고'로 갔다. '서점'이 아닌 '문고'란 말이 더 좋다. 크지 않은 서점치고는 어린이책 코너에 꽤 볼 것이 많아 친구와 또 그림책을 한참 구경하다 저녁을 먹으러 나갔다.

| 팔호광장 교차로
춘천시 효자동
| 춘천문고
춘천시 효자3동 641 - 5번지 2F
033. 252. 6586
am 09:00 - pm 22:00

'옛날 통닭', 일미통닭
Ilmi Chicken

　팔호광장 한쪽 길에 있는 일미통닭.

누런 봉투에 담아주던 옛날 통닭을 팔아 이따금 그 맛이 그리울 때면 일미통닭을 간다는 말을 듣고 찾아갔다. 그런 통닭을 먹어본 적은 없지만 '누런 봉투'에 끌려 찾아갔는데 찜닭도 맛있다고 해서 즉흥적으로 찜닭을 주문해버렸다. 체인점도 아니고 허름한 동네 치킨집과 다를 바 없는데 젊은 사람들도 몇 테이블 자리를 잡고 있다. 오랜만에 친구랑 마주앉아 이야기를 나누는 사이 엄청난 크기의 접시에 찜닭이 나왔다. 청양고추가 조금 맵긴 했지만 달고 짜고 자극적인 맛은 아니어서 둘이서 잔뜩 먹고 나왔다. 또다시 갈 기회가 된다면 옛날통닭이 든 누런 봉투를 안고 돌아와야지. TV를 보면서 옛날통닭을 먹고 싶다.

| 원주일미통닭
춘천시 운교동 206 - 8
033. 254. 3992

'움직이는 그림', 애니메이션 박물관
Animation Museum

춘천에 와 버스를 타고 긴 시간 이동
하는 것은 처음이다. 생각 없이 정류장에서
버스를 기다리다 하도 안 와 알아보니 그
버스는 110분 간격으로 있다 한다. 하염없
이 기다릴 뻔했던 것이다. 마침 조금 더 기
다리면 도착한다고 하여 겨우 버스를 타고
이동할 수 있었다.

어느 동네를 가나 쉽게 말을 거는 아주머니
나 할머니를 만날 수 있다. 그들은 딱히 어
떤 대화를 나누고자 하는 것은 아니다. 나
라면 선뜻 묻지 못했거나, 죄송합니다 로
시작하며 물었을 말들을 마치 같이 집에서
걸어 나와 버스를 기다리는 사이처럼 묻곤
한다.

| 애니메이션 박물관
춘천시 서면 현암리 367
033, 245, 6470
am 10:00 – pm 18:00 (여름방학 – pm 19:00) 연중무휴
어른 5,000원 청소년, 어린이 4,000원

| 장절공 신숭겸장군묘역
춘천시 서면 방동리

"이거 00 가는 거야?" "글쎄요, 가는 것도 같은데" "할머니, 이거 타지 말고 다음 거 타요" 같은 대화는 흔하니까. 옆에서 '저상버스 00번 곧 도착합니다'라는 버스 도착알림 방송을 잘못 들으시곤 자꾸만 '저승버스라고 하네, 무섭구먼' 하며 키득 키득 웃으시는 아주머니께 차마 잘못 들으신 거라는 말을 못해 덩달아 함께 웃을 수밖에 없었다. 그렇게 낯선 이들의 대화를 듣고, 또 함께 웃다보니 우리가 타야 할 버스가 왔다. 먼 길을 가는 버스는 금세 시내를 벗어나 산과 호수가 보이는 길을 따라 달린다. 마침 마라톤대회가 있는 날이었는지 도로 중간을 달리는 사람들을 마주쳤다. 의암호를 끼고 돌아가는 노선은 북한강 자전거길 하고도 이어져 있는 길이라 자전거를 타고 달렸어도 참 좋았겠다 싶다. 달리는 사람들을 보다, 산들 사이로 가득찬 물을 보다, 나른한 버스 안에서 조금 졸기도 하다 박물관에 도착했다. 춘천은 길가엔 사람들이 잘 보이지 않는데 어디든 도착해보면 이미 사람들이 가득하다. 전시실에는 움직이는 만화의 역사에서부터 함께 발달해온 다양한 장치와 기구들이 전시되어 있었다. 우리나라의 옛 만화들과 먼 나라의 인기 있고 우리들이 잘 아는 애니메이션도 전시되어 있었다. 어릴 적 보던 혀를 쏙 내민 둘리 모형도 무척이나 반가웠다. 바람이 불지 않는 날이면 박물관 뒤쪽으로 나 있는 너른 잔디밭에서 도시락을 먹거나 쉬었다 와도 좋을 것 같다. 애니메이션 박물관에서 조금 더 차를 타고 들어가면 '신숭겸장군묘역'이 있다고 한다. 나무로 둘러싸인 잔디밭에서 조용히 쉬었다 오기 참 좋다고 하여 애니메이션 박물관을 들른 뒤 신숭겸장군묘로 가려했는데 한두 시간에 한 대씩 있는 버스편 때문에 아쉽게도 가보지 못했다. 자가용으로 가거나 버스 시간을 맞출 수 있는 기회가 생기면 신숭겸장군묘에 꼭 한번 가보고 싶다.

부안 막국수
Buan makguksu

맛있어 보이는 메뉴는 많은데 이런 날마저 혼자 여행했더라면 서러워 어쩔 뻔 했을까. 메뉴판에 있던 '총떡'이란 것이 궁금했는데 배부르게 먹으려고 막국수 하나와 보쌈을 주문했다. 주문하고 한참을 기다리며 보니 '총떡'을 먹는 사람들이 많았는데 역시 참 맛나 보였다. 메밀전병에 야채와 돼지고기로 속을 채운 길고 둥근 만두 같은 음식이라 했다. 딱 한시쯤, 점심시간에 도착했더니 사람들과 식당 안이 북적거린다. 평소 시끄러운 걸 좋아하지 않는데, 식당 안의 사람들을 둘러보니 모두가 예쁘게 보였다. 기쁜 얼굴로 마주앉아 한 끼 식사를 맛있게 나누는 사람들. 맛있는 음식을 앞에 두고 마음이 넓어진 건지, 그거면 아주 충분하겠다 싶다.

| 부안 막국수

춘천시 후평동 429 - 17

033. 254. 0654

박물관 냄새
Chuncheon National Museum

많이 먹어서인지 막걸리를 곁들여서인지 가물가물한 눈을 겨우 뜨게 된다. 보쌈과 막국수로 부른 배도 소화시킬 겸 국립박물관을 향해 한참을 걸었다.

나무가 많이 심어진 야트막한 언덕이 보여 뒤편은 산인가 했는데 모퉁이를 돌아서니 박물관을 향하는 길이 나온다. 일요일인데도 한가한 것이 산책 삼아 오기에도 좋을 곳이다.

아마 학창시절 국립박물관을 갔더라면 흥미도 재미도 없었을 텐데, 이제는 지역마다 조금씩 다른 박물관과 소장품들이 뜻 깊게 느껴져 박물관을 구경하는 시간이 전혀 아깝지 않다.

| 춘천국립박물관
춘천시 우석로 70
033. 260. 1500
am 09:00 – pm 18:00 토, 일, 공휴일 am 09:00 – pm 19:00
(4 – 10월 중 매주 토요일은 pm 21:00까지 연장 개관)
휴관 1월1일, 월요일

구석기 시대부터 근대에 이르는 강원도 지역의 오래된 역사와 문화 속 생활도구들과 많은 불상 그리고 지역의 역사적 인물들의 흔적까지 전시되어 있었다. 신사임당의 〈초충도〉를 직접 보게 된 것도 놀라웠고, 옛 사람이 쓴 우리의 글자도 꽤 인상 깊었다. 한문을 멋지게 쓴 것도 있었지만 우리의 한글에서 느껴지는 아름다움과 멋은 그 기운이 또 달랐다.

박물관이라든가 미술관, 도서관 등의 장소가 지겹지 않고 가보고 싶은 곳이 되었다니 왠지 뿌듯한 마음이 들었다. 그 마음을 안은 채 아직 머리 위에서 내리쬐는 봄의 햇빛을 고스란히 맞으며 다시 길을 나선다.

'연적지', 강원대학교
Gangwon University

　　박물관에서 조금 걸어 나오니 바로 강원대학교 후문이다.
강원대 안의 '연적지'라는 연못가에 가고 싶었는데 캠퍼스 지도를 잘못 본 탓에 빙 둘러 학교 탐방을 하게 되었다. 내가 다니던 학교는 5분이면 정문에서 후문까지도 갈 수 있던 작은 캠퍼스여서 강원대의 넓은 캠퍼스는 엄청나 보였다. 도로도 널찍널찍 인도도 널찍널찍하며 그 옆으로 띄엄띄엄 서 있는 건물들. 그 덕에 어느 길로 가나 햇빛이 깔려 있는 길을 걸을 수 있었다.
하필 일요일이라 학교 안의 중앙박물관은 문을 닫아 볼 수 없었다. 가다 마주친 문예대학 미술학부 건물도 구경하고 싶었는데 문이 잠겨 들어갈 수 없었다. 아쉬워하며 그렇게 한참을 돌아가니 광장과 함께 학생들의 모습이 보였다. 곧 내가 찾던 연적지가 우거진 나무숲 아래에 나타났다.

햇볕아래 더 길게 느껴지던 캠퍼스 산보도 쉬어갈 겸, 자판기에서 음료수를 뽑아 연못가 벤치에 앉았다. 우리 같은 친구 사이도 혹은 연인들, 가족들 등 정작 학생 외의 많은 사람들이 일요일의 연적지를 즐기고 있었다. 나른한 오후의 햇살이 연 못으로 떨어지고 그 빛이 반사되어 모두를 비추고 있었다.

| 강원대학교
강원도 춘천시 강원대학길 1번지
033. 250. 6114

봄시내

Bomsinae

낮에 한번 지나치다 돌아본 곳인데, 생각이 나 다시 찾아갔다.

봄시내라는 이름의 카페, 다정한 듯 귀여운 이름이다. 춘천에 와서 봄내길, 봄시내라는 말을 여러 번 보았는데, 이 카페의 이름도 비슷한 의미이지 않을까 싶어 알아보니 '춘천'이란 이름의 뜻이 '봄 춘, 내 천'. 봄시내가 되는 것이었다.

다른 지역보다 봄이 늦은 춘천이긴 하지만, 노란 빛깔의 봄시내에 앉아 커피를 마시니 그저 봄이다.

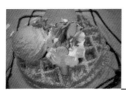

| 카페 봄시내
춘천시 조양동 37 - 21
033. 256. 1625

나무향기 찜질방
Scent of Wood Sauna

많이 걷고 봄바람에 조금 떨고 나니 절로 찜질방 생각이 났다.
조명 하나 켠 듯 동그란 달 말고는 깜깜한 춘천의 밤, '나무향기'라는 간판 하나 더
불 켜진 듯 눈앞에 보이자 따뜻한 집을 만난 것처럼 반가워 얼른 달려갔다.
나무향기는 한옥집을 개조해 만든 찜질방이다. 원래는 숙박시설도 함께했다고 한
다. 중학생 이하의 어린아이들은 입장이 금지되어 있어서 가족 모두가 오긴 힘들
지만, 덕분에 소란스럽지 않은 것도 사실이었다. 등산을 마친 사람들이나 저녁시
간이 여유로운 부부의 모습도 보였는데 다들 자연스럽게 수건을 걸치고 땀을 빼고
비스듬히 누워 조용조용 이야기를 나누고 있었다. 코를 막고 불가마에 들어가서
땀을 뻘뻘 흘리다 후다닥 튀어나와 간식을 먹고 또 들어갔다 나와 조금 쉬고, 그렇
게 겨우겨우 세 번을 들어갔다. 그렇게 여독을 조금 풀고서 개운하게 씻고 나오니
밤이 더 짙어져 있다. 오늘 밤은 아주 푹 잘 수 있을 것 같다.

한증막에서 다시 숙소로 돌아갈 때는 밤바람의 찬 기운에 열을 빼앗길까 택시를 불렀다. 택시아저씨는 여행을 왔냐고 우리에게 물었고, 지나가는 택시 위의 등을 보라고 하셨다. 그 불빛은 우리가 묵는 호텔 바로 뒤에 있는 '봉의산' 모양이었다. 그러고 보니 그저 택시라고 적힌 줄 알았던 것이 세 개의 봉우리가 솟아 있는 작은 산의 모양을 하고 있었다.

| 나무향기 찜질방
춘천시 삼천동 37 - 1
033. 241. 9877

　최대한 편한 차림에 가방을 가볍게 메고 나와서 아침 산책 겸 소양2교까지 걸어가 근처에서 자전거를 빌렸다. 춘천에 있던 날들 중 가장 화창한 하늘이다. 자전거를 타고 다리를 건너기는 처음인데 지도를 보니 두어 번 더 다리를 건널 것 같다. 오늘의 일정은 육림랜드, 도립화목원, 소양강댐, 청평사 그리고 맛있는 저녁식사. 시작은 소양2교를 건너 봄내길 4코스로 이어진 북한강 자전거길.

육림랜드
Yungnim land

　　자전거길을 따라 달리다보니 오른편 나무들 사이로 파스텔톤의 알록달록한 표지판들이 보였다. 이곳이 육림랜드.

작은 놀이기구 몇몇과 동물들이 있는 우리가 보였다. 평일 오전이라 그런지 작동을 멈추고 아무도 모를 때만 돌아가는 그림책 속 비밀의 놀이동산 같은 느낌이지만 주말이면 어린아이들로 가득하다고 한다. 하지만 놀이기구 사이사이 동물들에게 더 눈이 간다. 꼭 그림에서 튀어나온 것 같은 색의 닭 한 마리가 우리를 빠져나온 건지 잔디밭을 유유히 걸어다니고 있다. 올빼미와 호랑이는 매력적이라 참 좋아하는데, 특히 호랑이는 마주보려 다가가다가도 가까워지니 그 기운에 압도당해 자신이 없어져 한 걸음 물러서버렸다. 그 살아 있는 기운이 반갑기도 했고 좁은 우리 안에서도 여전히 멋진 호랑이였다. 놀이기구를 탈 목적이 아니라면 평일의 육림랜드도 괜찮을 것 같다. 더러 놓인 벤치에서 도시락도 먹고 우리 안의 동물들에게 이야기도 전해보고. 멈춰 있는 놀이기구들 사이를 한가로이 거니는 일이 조금 특별하게 느껴졌다.

강원도립화목원
Gangwon Provincial Arboretum

　평소 수목원이나 산림연구원, 식물원이라면 마다하지 않고 좋아하는 편이라 사실 이번 춘천행에서 가장 기대했던 장소는 제이드 가든이었다. 하지만 생각보다 봄이 늦은 춘천의 날씨 탓에 제이드 가든에 갔던 날은 화창하지 않았고, 그저 겨우내 봐오던 겨울의 숲 끝자락을 한 번 더 보고 온 기분이라 아쉬웠었다.

그래서 일정 중 가장 화창한 날인 만큼 화목원을 향하는 자전거를 타며 조금 들떴다. 가는 길에 화목원에 도착하면 먹을 샌드위치를 샀다.

강원도립화목원은 아직 어린 나무들도 많지만 그 덕에 나지막이 펼쳐진 작은 숲 같기도 하다. 잔디밭에 지도를 펼쳐놓고 샌드위치를 먹다보니 잔디밭 사이사이 갓 피어나고 있던 냉이며 민들레가 보였다. 좀더 듬성듬성 흙이 있는 쪽으로 자리를 옮긴다. 햇살 잔뜩 내리쬐는 잔디밭에서 맛있는 샌드위치를 먹으며 이리저리 이동 하는 개미의 행렬도 보고 또 이곳에 혼자가 아닌 것이 아무 말 없이도 기쁘다.

마지막으로 온실. 식물원에서 온실을 가장 좋아한다. 평소 우리나라 기후로는 보 기 힘든 식물들도 많고, 답답할지도 모르지만 큰 유리관 안에 무성하게 자라난 작 은 정글의 느낌은 언제나 매력적이었다. 후끈하기도 한 온실의 공기를 후우후우 들이마시고 내쉬면서 이 갇힌 공간에서 싱그러운 풀잎 향을 온몸 가득 채운 채 돌 아온다.

화목원에서 나와서부터는 넉넉히 한 시
간 정도 달려 소양강댐까지 가야 한다.
결국 길을 잘못 들어 둥글게 돌아가면서
한 시간이 훨씬 넘어 도착했다. 하지만
중간에 우연찮게 소나무 숲이 있는 춘천
국유림관리소도 들르고, 닭갈비거리에서
부터는 예쁜 가로수길이 늘어져 있어 달
리기가 좋았다. 잠시 인도나 자전거도로
가 없는 길을 달리게 됐는데 차들이 쌩쌩
달리는 이 길을 거쳐야 한다니 조금 막막
했지만 친구와 전속력으로 달려갔다.

그러다 갑자기 소나무 숲이 펼쳐져 '여기가 어디지' 하다가 길 끝에서 마음이 통한 친구와 다시 소나무 숲이 있던 곳으로 돌아갔다. 춘천 국유림관리소라는 곳으로 크지 않은 관리소 건물을 지나니 아까 본 소나무 숲이 가운데 흙길을 두고 양쪽으로 길게 펼쳐져 있었다. 솔잎과 솔방울이 가득해 푹신하게 밟히는 흙길을 걷다가 나무들 사이로 떨어지는 햇빛 아래 서본다. 가만히 서 있기만 해도 나무향이 가득해 상쾌해지는 곳이었다.

소양강, 소양강 유람선
Soyang River

　다시 소양강댐을 향해 달리다보니 닭갈비골목이 나온다. 이름 그대로 수많은 닭갈비집들이 길 양편으로 끝도 없이 늘어서 있었다. 당장 자전거를 세우고 먹고 싶은 마음이 굴뚝 같지만 이따 보자는 마음으로 열심히 달려간다. 닭갈비골목을 지나면서부터 소양강댐까지는 4차선 도로 사이에 가로수와 넓은 인도가 만들어져 있어 한적한 도로 사이로 많은 사람들이 산책을 하고 있었다. 어느 순간부터 울창해진 높은 나무들 아래로 기분 좋게 자전거를 타다 주차장에 도착했다. 소양강댐으로 가 청평사로 가는 유람선을 타야 하는데, 유람선 선착장 입구까지는 산 고갯길을 올라야 해 자전거를 세워두고 버스를 탔다. 굽이굽이 산길을 올라가니 산 사이로 댐이 보인다.

노래로만 많이 듣던 소양강과 소양강댐(댐을 지나 유람선을 타는 곳으로 가는 길목에는 소양강 처녀상도 있다). 산으로 둘러싸인 소양강을 한참 바라보다 배표를 끊어 유람선에 오른다. 아무런 정보도 없이 산길에 있다는 절과 막걸리가 맛있다는 말만 주워듣고 무작정 청평사로 향한다.

30분마다 출발하는 유람선에는 평일임에도 많은 사람들이 이미 타고 있었다. 유유히 물살을 가르며 움직이는 유람선에 앉아 옆으로 흘러가는 풍경을 바라보았다. 바람에 펄럭이는 점퍼를 입은 아저씨도, 무표정하게 먼 산만 바라보는 여자도, 기둥을 꼭 잡은 채 물을 들여다보는 할머니도 모두 물빛에 물들어 무성영화의 한 장면처럼 저장되었다.

청평사
Cheongpyeongsa

    청평사 입구 선착장에 도착해 배에서 내린 사람들의 긴 행렬 끝에 서서 산으로 오르는 사람들을 따라갔다. 네시가 다 되어가니 해는 길어졌어도 저물어가는 편의 햇살은 절로 향하는 숲을 따뜻하게 감싼다. 아무것도 모른 채 와서는 길목에 있는 안내판을 보며 청평사에서의 당나라 공주와 뱀에 대한 전설에 대해서도 알게 되고 올라가는 틈틈이 그 흔적도 만날 수 있었다.

안타깝게도 출발이 늦은 터라 나가는 배시간 때문에 맛있다는 전과 막걸리는 뒤로 하고 청평사만 들르기로 했다. 어제까지만 해도 청평사가 멀리 떨어져 있어 올지 말지 고민을 했었는데 걸으면 걸을수록 오길 잘했다고 생각한다. 아주 가파른 산길은 아니지만 숨이 차오르는 순간마다 나를 달래기라도 하는 듯 알 수 없는 상쾌함과 우거진 숲, 흐르는 물에서 빛나는 것들이 있었다.

계단을 올라 청평사 앞에 도착하니 높고
큰 산을 뒤로하고 그저 담담히 있는 듯
한 모습이 왠지 감동스러웠다. 청평사 앞
마당에서 세 분의 아주머니들의 부탁으
로 사진을 찍어드리고, 절을 둘러보고 돌
아서니 맞은편에서 겹겹이 멀어지는 산
들이 거리를 가늠할 수 없을 만큼 늘어서
있었다. 나가는 배시간에 맞춰 길을 내려
갈 때는 오를 때 숨이 가쁘던 것과 달리
기분 좋게 팔을 흔들기까지 했다. 선착장
가까이 가니 곧 출발하려 대기중인 배가
떠날까 조급해졌다. 열심히 달려 아까 사
둔 왕복배표를 내고 올라탔다. 물살이 갈
라지는 소리에 귀를 기울였다. 어느덧 다
섯시가 다 되어 기우는 해가 소양강을 비
추는 모습을 바라보다 조금 졸았다.

통나무집 닭갈비
Log Cabin Chicken Rib

다시 자전거를 세워둔 곳으로 내려오니 배도 고프고 힘이 다 빠져 겨우 짜낸 힘으로 식당까지 한 번 더 달려갔다. 춘천에 왔으니 닭갈비를 먹어봐야지 했는데 닭갈비집이 너무 많아 고르기가 난처할 지경이다. 그중 외관이 깔끔하고 맛있더라, 하는 곳으로 가 자전거를 세웠다. 닭갈비 2인분을 시키고 왠지 아쉬운 마음에 막걸리도 주문을 하니 어떤 걸로 마시겠냐고 물으신다. 뭐가 맛있냐고 물으니 사람들은 '소양강 막걸리'를 가장 많이들 마신다 하여 우리도 그걸로 주문했다. 소양강 막걸리라니, 왠지 여기까지 왔으니 꼭 마셔야 할 것 같은 이름이다. 철판 한가득 지글지글 익어가는 닭갈비를 노 젓듯 섞어가는 친구와 한바탕 이야기를 하면서 닭갈비를 다 먹고 밥도 볶아먹었다.

친구의 말에 따르면 대체로 맵거나 달거나 하기만 한 보통 식당의 닭갈비 같지 않
다고 하니, 자극적인 걸 좋아하는 사람들에겐 심심할지도 모르지만 우리 입맛엔
맛있었다. 원래가 그런지 우리의 허기진 배 때문이었는지 달고 시원하던 소양강
막걸리는 한 병 사오고 싶을 정도였다. 맛도 맛이지만 식당의 직원아주머니들이
하나같이 웃으시며 일을 하셔서 주문할 때부터 먹고 나올 때까지 기분이 좋았다.

돌아가는 길엔 배가 불러 접히지도 않는 허리를 꼿꼿이 세운 채 자전거를 탔
다. 올 때와는 다른 길로 가다보니 호수를 끼고 돌아가는 자전거 도로 양쪽 길가에
가득한 나무에서 향이 났다. 푸르스름해져가는 하늘 탓에 나뭇잎들이 묘한 빛을
띠더니 순식간에 가로등 불과 달이 빛을 내자 나뭇잎들은 어둠속으로 사라졌다.
오전에 출발했던 소양2교가 보였다. 낮과는 전혀 다른 모습으로, 어둡게 푸른 하
늘을 배경으로 알록달록한 조명이 켜져 있었다. 다리를 건너다 잠시 멈춰 다리 위
하늘에 떠 있는 달을 본다. 춘천에서 보는 마지막 달일 것이다. 밤공기도, 달빛도,
짙푸른 하늘도, 벌써 저만치 앞서 달리는 친구의 뒷모습도 한 번씩 더 눈에 담은
채 다시 발을 굴렸다.

자전거를 반납한 뒤 여행의 마지막 밤이 아쉬워져 간식거리와 맥주 한 캔씩을 사서 숙소로 돌아왔다. 낮에 찍은 사진도 보고 이야기를 하다 친구는 곧 먼저 잠이 들었다. 나도 금세 눈꺼풀이 무거워졌다. 춘천에서의 일주일. 하루하루를 산책하듯 보내온 것 같은데 어느새 일주일이 바람처럼 지나가 있다. 불 꺼진 봉의산 아래 호텔방에서 춘천을 마무리한다. 스탠드의 불을 끈다.

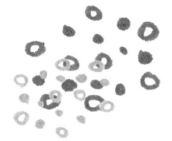

한옥마을 꽃길 따라 느린 걸음

영화의 거리 따뜻한 봄날 정읍의 축제

덕진 소풍 가기 좋은 그곳

전주 먹거리

전주 全州

전통과 역사의 고장 전주.
항상 곁에 있던 것들 안에
지극한 아름다움이 존재하고 있었다는 사실을
멋스러운 한옥과 골목 사이에서 비로소 깨닫게 된다.
스스로 빛나는 도시, 전주다.

전주
Jeonju

교통

서울에서 전주로

전주행 기차는 시간대별로 자주 있는
편이다. 용산역에서 KTX를 이용하면
2시간이면 전주에 도착할 수 있다 하니
전주가 한결 가까워진 느낌이다.

KTX

용산역에서 탑승. 전주역까지 2시간
10분 정도 소요된다. 요금은 3만 원대.

일반 기차

용산역에서 탑승. 전주역까지 3시간
10분 정도 소요된다. 요금은 2만 원대.

고속버스

동서울종합터미널, 센트럴시티터미널
에서 탑승. 전주고속버스터미널 하차.
2시간 50분 정도 소요된다. 우등버스
2만 원대, 일반버스 1만 원대.

꽃심 지닌 땅,
전주

    누구나 가슴속 깊이 그리운 곳 하나쯤은 품고 산다. 나에게는 고향이자 유년 시절을 보낸 전라북도 순창에 위치한 시골집 고샅이 그러하고, 동해바다 해안도로의 7번 국도가 그러하고, 섬진강변 하얀 모래알이 그러하고, 지금 살고 있는 여기 전주가 그러하다. 새끼 새가 둥지를 벗어나듯 열일곱 살에 엄마 곁을 떠나와 전주에서 살게 된 지 올해로 14년째. 나는 지금 전주에 살고 있는데도 전주를 그리워한다. 전주라는 땅에 처음 발을 내딛었을 때는 이른 봄. 미풍의 따뜻한 바람이 불어오고, 눈이 시리도록 고운 연두 빛 능수버들이 천변에 줄지어 휘날렸고, 동물원 대관람차는 빙빙 돌아가고 있었다. 전주에서 처음 만난 계절이 봄이어서일까. 봄이면 유난히 전주 이곳저곳을 기웃거리게 된다. 같은 장소에 가도 늘 다른 풍경으로 다가오는 전주는 느리게 느리게 변하고 있었다. 누군가를 길에서 오래 기다린다 해도 여유롭게 기다릴 수 있는 객사가 있고, 잔디밭 어느 구석이든 자리를 펴고 앉아 시원하게 캔맥주를 마실 수 있는 덕진공원이 있는 곳.

적당히 달궈진 옥상 그늘에 앉아서 책을 볼 수도 있고, 딱히 뭘 하지 않아도 좋을 여유와 마음 편하게 읽을 책 한 권이면 어디든 괜찮은 도시. 봄이면 동물원에 벚꽃이 만발하고, 여름이면 덕진공원에 연꽃 향이 그득하고, 가을이면 천변에는 갈대꽃이 흐드러지는 곳, 겨울이면 한옥마을 지붕지붕마다 하얀 눈이 쌓인 것을 내려다볼 수 있는 오목대가 있는 곳이기도 하다. 전주는 사십 분 정도면 끝에서 끝을 갈 수 있을 정도로 작은 도시이다. 도심 어디서든 자동차를 타고 삼십 분만 달려나가면 논과 밭의 사계절을 만날 수 있다. 이처럼 도시라 하기도 애매하고 시골이라 하기에도 애매한 곳이지만, 그 중간인 이곳에 서게 되면 그동안 보지 못했던 것들이 보이기 시작한다.

그래서 전주는 여유를 갖고 느리게 봐야 한다. 시간이 흐르고 계절은 바뀌지만 조금씩 느리게 변하는 풍경 속에 오롯이 전주가 담겨 있다. 고속도로를 빠져 나와 처음 맞이하게 되는 전주 톨게이트 현판에는 큰 의미가 담겨 있다. 입구와 출구의 현판이 비슷한 듯 하지만 사실 다르다. 입구에서 바라본 현판의 '전주'는 자음은 작게 하고 모음을 크게 하였으며, 출구에서 바라본 현판은 그 반대로 되어 있다.

자음은 아들을, 모음은 어머니를 뜻하는데, '고향으로 들어올 때는 어머니의 큰 사랑과 따뜻한 정을 느끼게 하고 나갈 때에는 자식들이 크게 되라'는 뜻에서 각각 다르게 썼다고 한다. 잿빛 건물 속에서 빠르고 숨 가쁘게 달려왔을 당신, 일에 치이고 사람에 치여 고단한 하루하루를 소주 한 잔으로 위로할 당신. 그런 당신이 따스한 봄볕 아래 등을 기대고 엄마가 차려주는 밥 배불리 먹고 편히 쉬었다 가길 바라는 마음으로 여기, 전주가 있다.

경기전
Gyeonggijeon

마음이 시끄럽고 어디론가 떠나고 싶지만 선뜻 용기가 나지 않는 날에는 카메라를 들고 찾는 곳이 있다. 태조로 시작점에서 처음 보이는 전동성당 맞은편에 위치한 경기전이다. 느린 호흡으로 사색을 즐기기에 적당하다. 한옥마을과 더불어 도심 한가운데 있고 다양한 나무들과 어우러져 있는 풍경이 멋스럽다. 많은 관광객들로 붐비는 곳이지만, 규모가 워낙 커 한적하고 호젓하게 산책을 즐기기에 충분하다. 경기전에 들어서면 먼저 느티나무가 반긴다. '늘 티나게 서 있다' 해서 느티나무라 불린다나.

늘 티나게 서 있는 느티나무는 여름이면 잎이 무성해져 나무 아래 벤치는 마실 나온 동네 어르신들의 쉼터가 된다. 겨울엔 낙엽 밟는 소리를 들으며 낭만을 즐기기에도 좋다. 조선을 건국한 태조 이성계의 어진을 모신 곳이 바로 이곳 경기전이다. 경기전에 봄이 왔다. 나무 끝 새싹이 올라오고, 홍매화 짙은 향기가 맴돈다. 경기전 안에서 바라보는 전동성당의 종탑도 멋스럽다. 울창한 대숲에는 얼음장처럼 차디찬 혼란의 긴긴 겨울을 견디고 마침내 봄바람이 고요하게 일렁인다. 조금은 느리게 가도 된다고, 천천히 걷다보면 새로운 것들이 주는 희망을 얻을 수 있을 것이라고 봄바람이 말해주는 것 같다.

| 경기전
전주시 완산구 풍남동3가 102, 태조로 초입
063. 281. 2790
입장료 1,000원
am 09:00 - pm 19:00

전동성당
Jeondong Cathedral

몇 년 전 결혼식이 있어 전동성당에 갔
었다. 성당에서 올리는 결혼식을 처음 봤던
그때 신선한 충격을 받았고 동시에 눈이 부
셔서 눈을 제대로 뜨지도 못했었다. 성당
내부의 화려한 아름다움 때문이었다. 온통
반원형 아치가 둥글게 이어져 있고 창이 많
아 자연 채광이 되었고, 천장에 높이 달린
등과 은은한 스테인드글라스를 통해 들어
오는 빛에 신부마저 더욱 눈이 부셨다. 긴
예식이 끝나고 사진 촬영을 위해 성당 밖
계단에 나가서 사람들 틈에 끼어서 사진 촬
영을 했던 기억이 난다. 지금에서야 생각해
보니 결혼식을 올린 Y언니의 결혼 앨범 속
엔 아름다운 전동성당을 배경으로 흰 드레
스를 입은 어여쁜 모습이 담겨 있겠다 싶었
다. 그 옆에 소심한 얼굴로 서 있을 젊은 내
모습도.

| 전동성당
전라북도 전주시 완산구 전동성당길 54
063. 284. 3222
미사 시간
평일 / am 05:30 (월~토), pm 19:00 (화~목)
토요일 / 저녁 미사, 특전 미사 pm 16:00 (어린이
미사)
주일 / am 05:30 (일반), am 09:00 (중고생), am
10:30 (교중 미사) pm 17:00 (청년), pm 20:00

전동성당은 서울 명동성당 내부 공사를 마무리했던 프와넬 신부의 설계로 초대 주임신부였던 보두네 신부가 필생으로 노력한 결과물이다. 모든 시설을 완비하고 축성식을 가진 1931년으로 완공하기까지 23년이 걸린 역사를 담고 있다. 회색과 붉은색 벽돌을 이용해 지은 건물은 겉모습이 서울의 명동성당과 비슷하며, 비잔틴 양식과 로마네스크 양식을 혼합한 건물로 국내에서 가장 아름다운 건축물로 꼽힌다고 한다. 웅장하면서도 화려한 전동성당. 한국 최초 순교 터인 만큼 엄숙한 분위기의 성당 앞에서는 목소리도 작아지고 걸음걸이도 조심스러워진다.

오목대와 이목대(벽화마을)
Omokdae and Leemokdae

　　오목대는 한옥마을 관광안내소에서 태조로를 따라 오른쪽에 위치해 있다. 오른쪽으로는 나무계단으로 산책로를 만들어져 있고 왼쪽으로는 시멘트바닥의 경사진 길이 있는데 봄날의 이 길에는 개나리가 즐비하여 꽤 운치 있다. 한옥마을을 내려다보기 위해 개나리길보다 나무계단을 선택했다. 한 계단 한 계단 오를 때마다 저멀리 한옥마을의 기와들이 다른 각도로 조금씩 달라진 풍경이 보인다. 어느 정도 계단을 오르다보니 아름드리 소나무 숲 사이로 확 트인 전망 안에 700여 채의 한옥의 까만 기와지붕이 내려다보인다. 멀리 전동성당의 종탑도 보인다. 발길을 돌려 산책로를 따라 오목대에 오른다. 오목대는 고려 말 우왕 때 태조 이성계가 황산에서 왜구를 무찌르고 개경 개선길에 들려 종친들을 모아 잔치를 벌이면서 중

국 한나라 유방이 불렀다는 〈대풍가〉를 읊었다고 전해지는 곳이다. 동행했던 포은 정몽주와 갈라서게 된 역사적 장소이기도 하다. 오목대에 봄이 왔다. 벚꽃이 만개 했고 푸른 새싹이 올라오기 시작했다. 한옥마을에서 십 분 정도만 올라오면 이렇 게 멋진 풍경을 만날 수 있으니, 시간이 있다면 좀더 욕심을 내 서산에 해지는 풍 경과 서서히 어둠이 낮게 깔린 한옥마을의 야경까지 보기를 권한다. 오후 네시부 터 옅어지는 빛 사이로 어떤 날에는 푸르스름한 하늘빛, 또 어떤 날에는 보라빛이 돌기도 한다. 표현하기 힘든 색의 그러데이션이 하늘에 물들 때, 그 빛이 사라지며 하나둘 켜지는 조명등으로 비춰지는 야경이 펼쳐진다. 오목대 반대편 쪽으로 내려 가면 육교가 있고 그 너머에 벽화가 그려진 자만마을이 있다. 골목골목 꽃이나 동 화, 예쁜 풍경을 테마로 주변 환경과 조화를 이루는 디자인을 반영했다. 삶과 추억 이 깃든 골목길로 재탄생된 자만마을을 볼 수 있다. 골목을 따라가다보면 이목대 가 나온다. 자만마을은 한옥에서 가까운 데 위치하고 있고 오목대에서 육교를 통 해 갈 수 있어 주변 문화재 탐방코스로 많은 호응을 얻고 있다.

| 오목대
전주시 완산구 교동 1-3
063. 281. 2114
무료
태조로 끝나는 지점 오른쪽

최명희문학관
Choemyeonghui Literature Museum

한옥마을의 번화한 거리에서 한 걸음 물러
난 곳에 위치한 최명희문학관은 2006년 봄, 철
쭉꽃이 필 즈음 개관했다. 주 전시관인 동락재
(獨樂齋)와 강연장 기획전시장인 비시동락지실
(非時同樂之室)로 이뤄져 있다. 일평생 다른 작
품은 거의 쓰지 않고 『혼불』 집필에만 매달렸
을 때, 혼자서 즐기는 마음 없이는 그렇게 하지
못했을거라 생각해 짓고 이름 붙였다는 독락
재, '외로움을 즐긴다'는 뜻이다.

전시관에는 친필 이력서와 편지, 친구에게 쓴
엽서 및 작가의 사진과 작가가 사용했다는 필
기구가 전시되어 있다. 체험할 수 있는 코너도
따로 마련되어 있는데 1년 뒤에 받는 나에게
쓰는 편지, 서체 따라 쓰기, 엽서쓰기 등등이 있
다. '아름다운 세상, 잘 살고 갑니다.' 작은 마당
을 지나 독락재 안에 들어서면 보이는 첫 문구
이자, 작가의 유언이다. 스치듯 잠시 들리더라
도, 작가의 단어 하나하나를 살피다보면 어느
새 마음에 위로가 된다.

이렇게나 예쁜 글을 쓸 수도 있구나. 사라질 뻔한 우리말들을 다시 되살려주고, 잊고 지냈던 친구조차 떠올리게 했다. 그녀는 아름다운 조각품을 볼 때, 그 아름다운 조각품이 태어나기 위해 떨어져나간 돌이나 쇠의 아름답고 숭고한 희생을 우러르며 가슴 아파했고, 흐드러지게 피어 아름다운 동백만큼 그 둥치에 낀 이끼의 생명력을 소중히 여겼다고 한다. 내 글씨는 그녀의 글씨만큼 단아하고 정갈하지 못해 쓰고 지우기를 여러 번 반복하겠지만, 오늘은 어쩐지 친구에게 엽서가 쓰고 싶어졌다.

아주 어린 시절, 엄마와 할머니의 대화 속에서 들어봤던 말, 혼불. 불이 나갔다는 것은 마을 어르신 누군가의 별세를 의미하기도 했다. 어린 날의 나는, 죽음 자체가 무서워서 이불 속에 얼굴을 파묻었지만 엄마와 할머니의 대화는 계속 들려왔다 앗골에서 불 나가는 것을 누가 봤다더라, 그 양반 아프다더니 결국 그리 될 모양인가 보더라. 그리고 며칠 후, 편찮으시던 이웃 할아버지네 집 지붕에 흰 저고리가 올려져 있었다. 그 시절에는 흰 저고리를 지붕 위에

던져놓는 것으로 혼백을 위로하고, 부고를 알렸다. 혼불이라는 것이 정말 있는 것인가. 혼불이 나가면 정말 사람이 죽는 것인가. 일생을 『혼불』 집필에만 몰두한 그녀의 혼불은 어디로 사라졌을까. 아니다. 사라진 것이 아니라 여기 이곳, 동락재에 머물고 있는 게 아닐까. 외로움조차 즐기면서.

| 최명희문학관

전주시 완산구 최명희길 29

063. 284. 0570

무료

am 10:00 – pm 18:00

교동 아트센터
Gyodong Art Center

경기전 후문, 최명희문학관을 등지고 있는 교동아트센터는 백양 메리야스의 생산공장을 문화공간으로 리모델링한 곳이다. 1950년부터 1980년까지 생산 활동을 하던 공장의 추억과 정취를 유지하고자, 1960년대 건축한 봉제공장 일부를 원형 그대로 유지하고 리모델링하여 지금의 아트센터가 되었다. 이 자리가 공장 자리였다는 것은 입구 한쪽에 전시된 재봉틀을 보고 알 수 있다. 전혀 어울릴 것 같지 않은 아트숍 내부에 오래된 재봉틀이라니. 소박한 입구와 달리 내부는 작품 하나하나의 위치를 넓고 여유 있게 배치해 둘러보는 이가 편안하게 작품 감상을 할 수 있다. 전주에 어울리는 전통을 주제로 한 공예품이나 한지로 된 작품들이 주로 전시되며, 입구 구석에는 작가들의 작품들을 판매하는 아트숍도 마련되어 있다.

| 교동 아트센터
전주시 완산구 경기전길 89
063. 287. 1245
무료
am 10:00 – pm 18:00 (동절기 – pm 19:00)

향교

Hyanggyo

소곤소곤 향교길.

가을이면 꼭 가야 하는 곳이 향교라고 생각하는 나는 전주사람이다. 가을을 느끼기에 충분히 멋진 곳. 4백여 년 정도 된 은행나무의 노란 낙엽비를 볼 수 있는 곳. 낙엽이 쌓이고 쌓여 폭삭한 곳. 그래서 걸음이 가벼워지고 마음까지 정화되는 곳. 빛 좋은 날이면 카메라 하나 들고 가서 오래오래 나무 밑을 서성여도 마냥 좋은 곳이다. 〈성균관 스캔들〉의 촬영지로 더욱 유명해진 향교로 가는 길. 태조로부터 향교길까지 골목길을 호젓하게 걸으며 사색할 수 있다. 협문을 열고 들어서면 만화루와 일월문을 차례로 지나고 대성전과 명륜당의 넓은 뜰이 나온다. 그곳에 4백여 년 정도 된 은행나무가 각각 두 그루씩 있다. 은행나무를 심는 것은 벌레를 타지 않는 은행나무처럼 유생들도 건전하게 자라 바른 사람이 되라는 의미라고 한다. 우리의 옛 교육시설을 둘러볼 수 있는 이곳은 갑오개혁 이후 신학제 실시에 따라 교육 기능은 없어졌지만 봄, 가을에 공자와 여러 성현들에게 예를 갖추어 '석전대제'를 지내고 초하루, 보름에는 향을 피우고 있다고 한다.

교동다원

Gyodongdawon

　은행길 작은 골목에 있는 '교동다원'은 한옥마을에 가장 처음 생긴 전통찻집이다. 코스모스가 동동 띄워진 좁은 길을 지나 찻집에 들어섰다. 처마 밑에는 옥수수와 시래기가 가을 햇살을 한껏 받고 있었으며 어디선가 풍경소리가 들려왔다. 문창살 안으로 가을빛이 은은한 빛을 내비친다. 아늑한 전통찻집에는 고향의 향기가 있다. 어린 시절 마루 끝에 앉아 있으면 고구마나 옥수수를 삶아서 내어주시던 할머니의 손길이 그립다. 찻잎을 발효한 황차가 가장 인기가 많으며 유기농 밀과자와 곁들여 마시면 좋다. 한옥마을 구석구석을 걷다가 전통차 한 잔에 쌓인 피로 풀고 고향의 향기를 느껴도 좋을 것이다.

| 교동다원

전주시 완산구 은행로 65 – 5

063. 282.7133

am 11:00 – pm 21:00

76-11번지
76-11

　은행로의 실개천을 따라 가다보면 76-11이라는 레스토랑이 나온다. 레스토
랑 번지수도 76-11번지이고 전화번호도 7611번이다. 된장찌개를 좋아하고 막걸
리를 좋아하는 전형적인 오십대의 한국남자인 지인 분이 전주에서 가장 파스타를
맛있게 하는 곳이라며 소개해준 곳이다. 아담한 외부와 달리 내부가 꽤 넓다. 대들
보 기둥을 중심으로 테이블이 놓여 있고 서까래까지 그대로 살려두어 시원한 느낌
을 준다. 사장님이 직접 정성으로 요리하시고 사모님이 친절한 미소와 함께 음식
을 가져다주신다. 마늘빵과 스프, 신선한 채소가 가득한 샐러드는 늘 서비스이고,
본 요리는 큰 접시 가득 푸짐하다. 이탈리아 돈카츠와 파스타, 리조또 맛도 일품.
후식까지 제공되니 그야말로 밥 잘 먹고 잘 쉬었다 갈 수 있는 곳이다.

| 76-11번지
전주시 완산구 은행로 36
(전주시 완산구 풍남동3가 76 – 11)
063. 282. 7611
am 09:00 – pm 23:00

공간 봄
Space Spring

| 공간 봄
전주시 완산구 어진길 51
063. 284. 3737
am 10:00 – pm 24:00

    나는 꽃을 아주 좋아한다. 그런 만큼 꽃 사진을 더욱 좋아한다. 좋아하는 만큼 담게 되고 찾게 되고 그리워하게 되는데, 전주에서 꽃 사진을 담기에 좋은 곳, '공간 봄'이라는 커피숍이다. 이름부터 낭만적이고 꽃과 어울리는 봄. '봄' 안에는 테이블마다 공간마다 예쁜 꽃들이 가득하다. 플라워숍과 함께 있기에 더욱 아름답게 꾸며진 봄. 플라워숍 선생님께선 집에서만 꽃을 가꾸고 싶다 하셨고 대신 일주

일에 두어 번 공간 봄에 오셔서 꽃을 만져주신다고 했다. 공간 봄은 문화 행사나 편안한 세미나, 즐거운 회의, 품위 있는 모임을 위한 공간으로 이미 많은 사람들이 그곳을 소통과 교류의 장으로 애용하고 있다. 향기 좋은 커피는 물론 거품을 뺀 와인, 건강한 향을 담은 전통차는 공간 봄의 정성인 만큼 그 맛도 일품이다. 매주 목요일 저녁에는 크로스오버뮤직 공연단 마실과 음악가들이 감동의 선율을 선사해준다. 조용한 음악이 흐르는 공간 안에 꽃이 있고 커피향이 있고 큰 유리문으로 비친 보드라운 햇살이 있어 언제나 좋은 봄이다.

분

Bun

    전주에 거주하고 있어, 전주의 게스트하우스에서는 묵어본 적이 없지만 기회가 된다면 한번쯤 묵어보고 싶은 곳이 있다. 2층의 하얀 건물 [분]이라는 카페를 개조해 만든 게스트하우스이다. 그리 넓지 않은 마당에는 잔디가 깔려 있고 낡은 나무 의자와 화분, 장독대나 빨래줄이 있어 정겨운 풍경이다. 오래된 우리의 것을 좋아하는 주인은 직접 손으로 짠 무명, 모시, 광목을 삶고 빨아 풀 먹여 다림질 하는 것이 취미라고 한다. 방마다 무명으로 만든 깔끔한 침구가 준비되어 있고 우리의 아름다운 고가구를 구경할 수 있다. 전통차도 직접 내어주어 여행자로 하여금 편안한 외할머니댁에 온 느낌으로 쉴 수 있게 한다. 따로 전통찻집이나 카페를 찾지 않아도 될 만큼 분위기가 있고 큰 유리창으로 들어오는 빛은 눈부시다. 마당이 있는 집에서 살게 된다면, 이런 곳에서 살고 싶을 만큼 사랑스러운 곳이다.

| 분 게스트하우스
전주시 완산구 어진길 82
063. 254. 4704
www.jhpd.co.kr

영화의 거리
Street of Movie

　전주의 극장은 시내에 모여 있는 편이다. 비단 영화제 기간이 아니더라도 쇼핑을 즐기기 위한 젊은이들이나 영화를 보기 위한 연인들로 북적인다. 매년 4월 말과 5월 초 사이에 열리는 전주국제영화제는 메가박스, CGV를 비롯한 5~6개의 영화관에서 세계 각국의 영화를 상영한다. 영화제 기간에는 각종 공연과 전시가 열리고 다양한 이벤트도 진행된다. 영화광을 위한 사랑방도 운영중이다. 영화제를 찾는 관객을 위해 게스트하우스를 확보하여 관객이 보다 편안하게 사랑방을 이용할 수 있도록 준비했다. 영화의 거리에 루미나리에 조명이 켜지면서 축제는 시작된다. 영화의 거리 곳곳에는 예쁜 한옥 커피숍이 숨어 있다. 영화를 기다리는 동안 커피 한 잔의 여유를 가져보는 것은 어떨까.

| 전주 영화의 거리
전주시 완산구 고사동

나무 라디오
Namu Radio

　　골목 모퉁이에 이름이 작게 쓰여 있는 나무 라디오는 이제 사람들에게 많이
알려진 곳이다. 몇 년 전, 한옥을 개조해 만든 카페의 아이스크림 얹은 와플이 먹
고 싶어 점심시간에 카메라를 들고 잠깐 들른 적이 있었다. 대문에 들어설 때부터
고즈넉한 한옥에서 커피 향이 흘러나오는 게 다소 생소하면서도 정감이 갔다. 와
플과 토스트를 주문해놓고 테이블 여기저기 공간 구석구석 사진을 찍고 다녔다.
오래된 나무 향이 커피 향과 어우러지고, 은은한 조명 아래 아기자기한 소품들이
앙증맞았다. 들여놓은 화분에 수선화가 피어 있고, 다락방에서는 친구들이 모여
앉아 웃음꽃을 피우고 있었다. 그후로 종종 다른 지역에서 친구들이 오거나, 누군
가를 시내에서 만날 때 들르게 되는 곳이 되었다. 어떤 날에는 문창살을 열어 가을
바람과 햇살이 가득 들어오게 했고, 어떤 날에는 비가 내려 창밖으로 빗방울 떨어
지는 소리를 듣기도 했다. 가끔 그 빗소리가 그리워 찾게 되는 곳이기도 하다.

| 나무 라디오
전주시 완산구 전주객사3길 46 - 5
063. 232. 7007
am 11:00 - pm 23:30

GO집
Gojip

　자세히 보아야 보인다. 스치듯 지나치면 그곳에 카페가 있다는 것도 모를 만큼 'Go집'의 입구는 좁다. 좁은 골목 안으로 들어서면 아기자기한 마당이 나온다. 언젠가 이곳 마당에서 비눗방울 놀이를 했던 봄날이 기억났다. 일본식 주택을 개조했지만 한옥 느낌이 물씬 풍기는 한적한 공간에 앉아 커피향을 음미한다. 테이블마다 은은한 조명이 편안함을 안겨주고 구석구석 손때 묻은 인테리어가 낡고 오래된 냄새를 풍긴다. 그리움의 내음인가. 이제는 사라지고 없는 시골집 마루 같아 마음이 아스라이 내려앉는다. 미술을 전공한 사장님의 캘리그라피가 여기저기 눈에 띄고, 뒷마당에는 테이블 몇 개가 놓여 있다. 감나무도 있고 나무 아래 벤치가 놓여 있다. 기분 좋은 바람이 부는 날이면 뒷마당 테이블에 앉아 책을 읽으며 차를 즐기고 싶게 한다. 인절미 토스트 수제 팥빙수가 입맛을 사로잡는다. 마당에서는 소소한 사진 전시회가 열리기도 한다.

| Go집
전주시 완산구 전주객사4길 377 - 4
070. 7722. 7292
am 11:30 - pm 23:30

객사
Gaeksa

객사 앞에서 만나곤 했던 옛 친구들은 전주를 거의 떠났다. 새로운 인연을 기다리는 곳 객사. 자가용이 생긴 뒤부터는 길에서 오래 사람을 기다리지 않았지만, 예전에는 친구를 만날 때 거의 대부분 객사 앞에서 만났다. 객사는 전주 시민에게 만남의 장소이다. 전주의 중심부에 자리잡고 있어 누군가를 기다리기에도 적당한 장소이고, 도보로 십여 분 만이동하면 풍남문, 전동성당, 경기전 등한옥마을로 갈 수도 있어 어디서든 접근하기 쉬운 곳이기도 하다. 옛날 관리나사신의 숙소로 이용되던 곳으로 현재 보물 583호로 지정된 유적지이지만 낮시간 개방되어 전주 시민에게는 만남의 광장으로 많은 인기를 얻고 있다. 지금도 많은 사람들은 객사 툇마루에 앉아 누군가를 기다리기도 하고, 누군가를 만나고, 또다른 목적지를 가기 위해 흩어지고 있을 것이다.

| 객사
전라북도 전주시 완산구 중앙동3가 1

차녀
Second Daughter

    한자로 次女. 한글로는 둘째딸이라 불리는 재미있는 이곳의 사장님은 실제로 둘째딸이라고 한다. 그리 넓은 공간은 아니지만 아기자기 테이블엔 조그만한 꽃병들이 놓여 있고 12시 땡 하고 오픈을 하면 기다렸다는 듯이 사람들이 들어온다. 자칫 식사때 조금이라도 늦는다면 기다리거나 주변 다른 곳으로 안내하는 직원이 문앞에 서 있을 정도로 늘 붐비는 곳이기도 하다. 가장 인기 있는 메뉴로는 담백한 크림과 부드러운 등심이 어우러진 등심 버섯 크림 파스타와 그릴드 치킨 소시지 볶음밥이다. 한번 맛을 본다면 계속 먹고 싶은 마음에 차녀는 늘 사람들로 붐비므로 예약을 하고 가는 것이 좋다.

| 차녀
전주시 완산구 중앙동2가 29 - 2번지
063. 285. 0500
월~목만 예약 가능

덕진공원
Deokjin Park

연꽃을 만나고 가는 바람에게서는 그윽하고도 은은한 향기가 느껴질 것이다. 선비들은 연꽃을 '꽃의 군자'라 부르고, 불가에서는 연꽃이 속세의 더러움 속에서 피어나지만 더러움에 물들지 않는다고 해서 극락을 상징하는 꽃으로 여긴다. 초여름에 꽃이 피어 여름 내내 향기가 그윽한 바람을 만날 수 있는 덕진공원이 있다. '덕진채련(德津採蓮, 덕진에서 연꽃을 감상한다)'이라 하여 전주 8경 중 하나로 꼽힌 만큼 연꽃 필 무렵에는 호수를 가로질러 출렁거리는 현수교에 연인뿐만 아니라 산책 나온 시민들로 늘 북적인다.

| 덕진공원
전라북도 전주시 덕진구 덕진동2가 1314 - 4
063. 239. 2607
무료
오리보트 대여 am 09:00 - 일몰 후 30분

덕진공원 입구는 세 개가 있어 초행길이라면 잘 알아보고 찾아가야 헤매지 않는다. 사무실 책상에만 앉아 있기에는 너무 아까운 눈부신 봄날. 짧은 점심시간을 이용해 지인들과 함께 소풍이라는 타이틀로 돗자리를 펴고 덕진공원에 모여 앉았다. 호수에 연꽃은 없었지만 오리배가 우리를 반겼다. 봄이 온 기념으로 J는 카랑코에 화분을 선물해주었고, M은 김밥과 떡볶이 등 우리들의 점심을 준비해왔고, H는 여행 떠날 때 쓰라는 여행용 세면도구를 챙겨주었다. 고마운 사람들과 모여 앉아 따뜻한 봄볕 아래 함께 웃으며 추억을 만들었다. 고작 짧은 점심시간에 짬을 내어 간 소풍일 뿐인데 연꽃 만나고 가는 바람같이 1년 내내 꽃향기가 나는 것만 같다.

카페 그곳
Cafe Gegot

2012년 KBS 4부작 단편 드라마 〈보통의 연애〉를 전주에서 촬영했다. 보통의 연애. 특별하지 아니하고 흔히 볼 수 있어 평범함 또는 뛰어나지도 열등하지도 아니한 중간 정도를 '보통'이라 한다. 그런 평범한 연애, 보통의 연애는 왜 그리도 어려운 것일까. 보통의 연애를 할 수 없었던 두 사람이 만나 연애의 감정을 느끼고 헤어지기까지의 순간순간에 전주 풍경이 있었다. 두 주인공의 잔잔한 연기와 담백하면서도 깔끔한 화면 구성. 익숙한 전주의 풍경을 보는 재미에 심취해 있다가 나도 모르게 눈에 확 들어오는 '카페 그곳'이 있었다.

| 카페 그곳
전라북도 전주시 덕진구 창포길 55
070. 7518. 9966
am 10:00 ~ pm 24:00

카페 그곳은 덕진공원 후문 쪽에 위치해 있고 아는 선배가 운영하는 곳이다. 선배의 카페를 드라마 속에서 보고 반가운 마음에 카페로 달려갔었다. 드라마 배경이었던 만큼 대본과 포스터가 붙어 있다. 선배는 맛있는 커피를 내리기 위해 커피 볶는 기술을 배웠고, 보다 좋은 재료를 선정하기 위해 유통을 배우고 일했다고 한다. 다양한 메뉴는 직접 연구하고 직접 손으로 만들어 대접해야 마음도 편하고 기분도 좋단다. 카페 그곳에는 커피나무도 볼 수 있다. 직접 씨앗을 싹 틔워 주변 친구들에게 분양을 해주기도 하고, 난치병에 걸린 아이에게 희망을 주고 싶다는 지인에게도 보내줬다고 한다. 봄부터 커피 모종을 새로 키우고 있는데 무료 분양도 하고, 조금씩 판매비를 받게 되면 월드비전에 기부도 할 거라는 따뜻한 소식도 전해줬다. 오래됨, 따뜻함, 흔적, 나무, 시골, 아날로그 등의 콘셉트로 구석구석 그의 감각과 섬세함이 엿보인다. 얼핏 보면 꽃으로 보이기도 하는 '그곳'에서 오늘도 그는 커피나무에 물을 주며 시다리고 있을 것이다.

동물원
Zoo

    덕진공원을 지나 플라타너스길을 지나고 한국소리문화의전당을 지났다. 전주 동물원에 가는 길이다. 나들이를 나온 가족의 웃음소리가 정겹고 팔짱을 끼고 걷는 연인이 다정해 보인다. 다양한 동물도 많고 규모도 꽤 큰 동물원이라 연인들은 데이트 코스로도 많이 애용하고, 가족들끼리 나들이 공간으로도 많이 찾는다. 누구나 그렇겠지만 동물원 하면 소풍, 술래잡기, 산책, 솜사탕, 대관람차, 회전목마 등이 떠오른다. 책이나 TV를 통해서나 볼 수 있던 동물을 만나면 어린아이처럼 마음의 동화가 시작된다.

현대의 기계문명과 공해, 물질만능 풍조 등 긴장이 많이 쌓이는 생활환경에서, 동물원에서 야생동물을 통하여 자연을 접하고 음미하는 시간을 가지는 것은 정신적·육체적으로 큰 효과가 있다고 한다. 자물쇠로 굳게 잠긴 좁디좁은 철장 안의 동물을 만나면 안쓰러워지고, 동물들 분변으로 냄새가 고약하기도 하지만, 그럼에도 주말이면 동물원에 가고 싶은 이유는 그때문인지 모른다. 날이 따뜻해지면서 나들이 나온 가족이 이미 많지만 벚꽃 필 무렵에는 전주동물원 야간 개장에 더욱 많은 사람들이 추억을 만들기 위해 찾는다. 이 작은 도시에 있을 것은 다 있어준 것이 무척이나 고마운 일이다.

건지산 편백나무 숲
Geonjisan Cypress Trees

　필자가 근무하는 회사의 이사님께서 어느 날 '땡땡이'를 추천했다. 무더운 여름 종일 사무실 컴퓨터 앞에 앉아 있는 직원들에게 잠시라도 바깥공기를 쐬어주고 싶은 마음에서 시작된 '땡땡이' 제도는 팀별로 나눠서 오후 두세 시간씩 근교로 나들이를 가도록 하는 것이었다. 우리 팀은 편백나무 숲을 선택했다. 한국소리문화의전당 뒤편에 위치한 편백나무 숲에서 맑은 공기를 실컷 마시고 싶었다. 한국소리문화의전당을 뒤로하고 난 숲길로 접어드니 많은 사람들이 다녀서 단단해진 흙길이 있고, 조금 더 걸어 들어가니 어르신들이 여기저기 돗자리를 펴고 누워 산림욕을 즐기고 계셨다. 편백나무 숲이다. 전북대학교 학술림인 이곳은 여름이면 더위를 피해 찾아드는 사람들로 가득하다. 우람한 편백나무는 하늘을 향해 끝도 없이 치솟아 있고, 나뭇잎은 무성하여 시원한 그늘이 되어주니 여기저기 사람들은 앉아 담소를 나누고 낮잠을 즐기기도 한다. 숲 냄새가 싱그럽다. 편백나무 숲을 지나면 플라타너스나무 숲과 걷기 좋은 산책로가 나온다. 숲을 한 바퀴 돌아 원점으로 돌아올 수 있는 산책로이다.

| 편백나무 숲
한국소리문화의전당 뒷길

완산칠봉
Wansanchilbong

봄꽃은 참으로 성급히 지고 만다. 일주일 간격으로 너무 빨리 꽃구경에 나서 꽃몽우리만 보거나, 비라도 올라치면 이미 꽃은 지고 없는 경우가 많아 봄꽃을 못 보고 지나칠까봐 봄은 늘 분주하고 바쁘다.

때는 5월 첫째주. 이날 역시 일주일을 간격으로 완산동 시립도서관 옆 투구봉에 조성된 꽃동산의 왕벚꽃 낙화의 위태로움이 있었다. 안 되겠다 싶어 지인 몇 명이 모여 평일의 새벽 출사를 감행했다. 그날 우리들의 일정은 이러했다. 출근은 9시. 7시에 만나 1시간 30분 정도 사진 찍고 회사로 출근하는 일. 전주는 참 작다. 완산칠봉에서 고속버스터미널 옆에 위치한 회사까지 거리는 자동차로 삼십 분이면 충분했다. 새벽 출사랄 것도 없는 아침출사다. 인적이 드문 평일에 자연과의 조우는 경이롭기까지 하다. 큰길에서는 전혀 보이지 않는 숲 속의 꽃동산, 산등성이에 가려져서 과연 꽃이 있을까 싶은 곳에 완벽한 꽃길이 있었다. 개인이 30년 이상 가꾸어온 철쭉 군락지를 전주시가 매입해 영산홍, 자산홍, 백철쭉 등 철쭉류와 왕벚나무 등을 조화롭게 재정비하여 아름다운 산책길을 조성해서 상춘객을 기다리고 있었다. 4월 말부터 5월 중순까지는 저 분홍빛부터 짙은 다홍색의 꽃들이 길을 안내해줄 것이다. 완산칠봉의 봉우리 가운데 유달리 벼락을 많이 맞아 나무가 살아남지 못한 밋밋한 산등성이로 그 모양이 마치 군인들의 투구처럼 보인다고 해서 투구봉이라 불리고 있다고 한다. 투구봉에 온갖 꽃이 다 피어 있다. 분분히 날아오르는 새하얀 꽃잎. 왕벚꽃잎은 바람에 하릴없이 흩날리고 철쭉은 그 색이 영롱하여 눈을 제대로 뜰 수조차 없었다. 꽃을 실컷 마음껏 본 이날 아침, 꽃신을 신은 발길이 출근길도 가볍게 했다.

| 완산칠봉
전라북도 전주시 완산구 서서학동
063. 281. 5044

조점례 순대국밥
Joejeomrye Sundae Rice Soup

남부시장에서 가장 유명한 조점례 남문 피순대. 식사 때마다 붐비는 것은 물론, 식사 시간이 지난 시간에도 식당에는 늘 사람들로 가득하다. 얼큰하고 시원한 국물에 곁들여 나온 부추 겉절이를 넣고 먹으면 더욱 깔끔하고 개운한 순대국밥 맛을 볼 수 있다. 순대국밥과 더불어 피순대를 시키면 양도 많아 정말 배부르게 먹을 수 있다.

| 조점례 순대국밥
전주시 완산구 전동3가 2 - 198
063. 232. 5006
24시간 영업

덕천식당
Deokcheon Restaurant

주택가 골목에 위치하고 있는 36년 전통의 덕천식당은 순대국밥 하나로 전주 시민의 입맛을 사로잡은 곳이다. 저렴한 가격이라 인근에 위치하고 있는 전북대학교 학생들도 많이 찾는 곳으로 푸짐한 머리고기가 가득 담긴 국밥을 배부르게 먹을 수 있다. 콩나물국밥도 인기가 좋다.

| 덕천식당
전주시 덕진구 금암동 709 - 9
063. 254. 7365
am 07:00 - pm 20:00

금암순대
Geumam Sundae

　피순대 뿐만 아니라 뼈다귀탕 육개장 같은 메뉴도 있어 순대국밥을 못 먹는 사람이 있다면 따로 시켜 먹어도 좋다. 피순대만 시켜도 내장까지 넉넉하게 주는 인심이 좋은 곳으로 많은 사랑을 받고 있는 곳이다.

| 금암순대
전주시 덕진구 금암1동 720 - 33
063. 272. 1394

전주 콩나루 콩나물국밥
Jeonju Kongnaru Bean Sprouts Soup

　　콩나물이 부드럽고 국물이 시원하기로 유명한 콩나루는 전국에 50여 개의 직영점과 체인점이 있다. 뚝배기에 콩나물을 넣고 갖은 양념을 곁들여 펄펄 끓여 나온 콩나물국밥. 여름에는 검은콩 콩국수도 판매한다.

| 전주 콩나루 콩나물국밥
전주시 완산구 경원동1가 12 - 1
063. 288. 4853
am 6:00 - pm 22:00

왱이 콩나물국밥
Waeng-i Bean Sprouts Soup

펄펄 끓는 육수에 싱싱한 콩나물이 듬뿍 담겨나오는 곳으로 '손님이 주무시는 시간에도 육수는 끓고 있습니다'라는 문구에 걸맞게 육수의 맛이 깊다. 왱이 콩나물국밥은 '왱왱'하고 벌이 모여드는 소리에서 유래한 이름이라고 하는데 이름처럼 왱이 콩나물국밥에는 식사 때는 물론 해장하러 오는 사람들로 언제나 붐빈다. 계산대 옆에는 강냉이가 준비되어 있어 한 주먹 집어 먹으며 옛맛을 회상하기도 한다.

| 왱이 콩나물국밥
전주시 완산구 경원동2가 12 - 1
063. 287. 6980
24시간

양반가
Yangbanga

한옥마을의 대표 맛집 양반가, 옛것을 고스란히 간직한 양반가는 각종 상견례
는 물론 귀중한 손님을 맞이하는 곳으로도 유명하다. 정갈하고 깨끗하며 고향의
맛을 느끼기에 충분한 곳.

| 양반가
전주시 완산구 경원동1가 12 − 1
063. 288. 4853
am 6:00 − pm 22:00
매월 둘째, 넷째주 일요일 휴무

나들벌
Nadeulbeol

커다란 냄비에 미나리가 듬뿍 담긴 얼큰하고 개운한 생태찌개가 주메뉴이다.
깔끔한 반찬으로 상이 가득 찬다. 갈비찜과 명태찜도 잘나가는 메뉴인데 아구찜처
럼 콩나물 가득 넣고 매콤하게 양념한 요리다. 점심시간에는 예약을 하고 가는 것
이 좋다.

| 나들벌
전주시 풍남동3가 79 - 1
063. 282. 8191
am 11:00 - pm 22:00

다문
Damun

　　한옥마을 깊숙이 자리잡고 있는 다문은 저렴한 가격에 한정식을 맛볼 수 있다. 20여 가지 밑반찬과 청국장, 고기수육 등 한상 가득 차려진다. 소박한 재료의 밑반찬은 철에 따라 신선한 재료들로 반찬은 조금씩 바뀐다. 영화 〈바람난 가족〉 촬영장으로도 알려진 다문은 배우 황정민이 전주를 방문할 때마다 찾는 곳으로 더욱 유명하다. 주말이나 식사 때는 예약을 하는 것이 좋다.

| 다문
전주시 완산구 교동 82
063. 288. 8607
am 12:00 – pm 16:00
pm 17:30 – pm 20:30

전라도 음식 이야기
Jeollado Food Story

    수많은 방송 촬영과 연예인들이 방문한 전라도 음식 이야기는 2007 전라북도 향토음식경연대회에서 대상을 수상할 만큼 맛으로 인정받은 곳이기도 하다. 제철에 자라는 특산물을 식재료로 100여 가지가 넘는 다양한 요리가 가격대별로 다양하게 차려진다. 고급스럽고 정갈한 음식으로 차려지는 전라도 음식 이야기는 미리 예약을 한다면 기다릴 필요 없이 산해진미를 맛볼 수 있다. 1층과 2층 멋진 벽화가 그려져 있어 구경하는 재미도 솔솔하다.

| 전라도 음식 이야기
전주시 덕진구 아중6길 14 - 6
063. 244. 4477
am 10:00 - pm 23:00

서신동
Seosindong

약 20개의 막걸리집이 형성되어 있
으며 막걸리집마다 개성이 돋보이는 동
네다.

| 낭주골일번지 063. 271. 0802 | 옛촌(본점) 063. 272. 9992 |
옛촌(분점) 063. 251. 5388 | 감나무골 063. 275. 5353 | 돌담
길 063. 251. 6686 | 김삿갓 063. 228. 9939 | 대장금 063. 278.
5689

삼천동
Samcheondong

전주막걸리의 원조라 할 수 있으며
약 40개의 막걸리집이 형성되어 있다. 주
차는 '삼천2동 주민센터' 건너편의 '공영
주차장'을 이용하면 편리하다.

| 신침새회방앗간 063. 225. 2404 | 정미 063. 226. 0814 | 개미
네 063. 227. 2260 | 다정집 063. 222. 5244 | 옥이네 063. 252.
9546 | 전주큰손 063. 236. 9789 | 두여인 063. 221. 0271 |
전주명가 063. 222. 3358 | 용진집 063. 224. 8164 | 곡주마을
063. 227. 4994 | 물레방아 063. 221. 3971 | 황금주전자 063.
236. 6555

인후동, 아중리
Inhudong, Ajungri

아중역에서 도보로 이십 분 거리에 '인후초등학교'와 '가재미공원' 주변으로 막걸리골목이 있다.

| 옛촌 063. 247. 5550 | 놀부주막 063. 244. 6124 | 대장군 063. 247. 3977

골목길을 걷다보면 슈퍼마켓에 '가맥'이라고 쓰여진 문구를 쉽게 발견할 수 있는데 가맥이란 가게 맥주의 준말로, 가게에서 판매하는 가격에 안주를 즐겨 먹을 수 있는 술 문화의 하나로 전주만의 독특한 풍속 중 하나이다. 가게에서 파는 만큼 저렴하고, 도톰한 계란말이 갑오징어나 황태를 곁들일 수 있어 시원한 맥주가 생각나는 날이면 가맥에 가곤 한다.

전일슈퍼
Jeonil Supermarket

| 전일슈퍼
전주시 완산구 경원동3가 13 - 12
063. 284. 0793
청양고추의 얼큰한 맛과 통깨가루가 들어가 고소한 장맛이 일품.

슬기슈퍼

Seulgi Supermarket

| 슬기슈퍼
덕진간이터미널(덕징광장) 근처
063. 276. 0727
다양한 안주를 맛볼 수 있는 곳.

맥주 일번지

Beer Ilbeonji

| 맥주 일번지

금암동 우석빌딩과 남도주유소 사이

063. 274. 2422

운치 좋은 가맥집. 2층 옥상에서 마시는 기분이 최고다.

백일홍 찐빵
Backilhong Steamed Bread

20여 년간 한결같이 찐빵과 만두만을 만들어온 백일홍 찐빵은 얼마 전 생활의 달인에 나오고 찾는 이들이 더욱 많아졌다. 찐빵을 먹고 싶다면 서둘러 찾아야한다. 그날 팔 분량이 다 팔리면 백일홍 입구엔 '오늘은 빵이 다 팔렸습니다, 내일 오세요'라는 간판이 놓인다. 미리 예약을 한다면 미리 시간대에 맞춰 찐빵을 빼놓기도 한다. 찐빵은 찐빵대로 만두는 만두대로 한입에 쏙 먹기 좋아 남녀노소 누구에게나 인기 있는 간식이다.

| 백일홍 찐빵
전주시 완산구 경원동3가 199
063. 286. 3697
am 9:00 - 빵이 떨어질 때까지

꽈배기
Twisted Bread Stick

바삭한 꽈배기와 기름에 튀긴 도넛 꽈배기 그리고 찹쌀 도너츠. 영화의 거리를 지날 때면 구수한 냄새가 발길을 붙잡는다. 달콤한 설탕을 뿌린 도넛 꽈배기는 질기지 않고 부드럽고, 과자 꽈배기는 바삭바삭한 고소한 맛이 일품이다.

| 꽈배기
영화의 거리 전주시네마 주차장 옆
am 10:00 ~ pm 21:30

경기장 맛나 튀김
Gyeonggijang

큼지막하고 바삭한 튀김을 즉석에서 만들어주는 경기장 맛나 튀김. 이름만큼이나 맛나다. 가격도 저렴해 학생들에게도 인기 있고, 운전하다 지친 택시 아저씨들이 간식으로 줄을 서서 먹을 정도.

| 경기장 맛나 튀김
전주시 덕진구 덕진동1가 1268 - 15
063. 271. 6270
am 10:30 - pm 22:30

경주
慶州

많은 이들의 학창 시절
'수학여행'의 추억이 담긴 도시 경주.
그러나 무심히 지나쳤던 풍경들 속에
고도(古都)를 지켜온 사람들의 이야기가
스며 있음을 우리는 기억해야 한다.

경주
Gyeongju

교통

서울에서 경주로

환승 없이 서울과 경주를 바로 잇는 기차 편은 하루에 몇 개 없다. 비슷한 값에 갈아타는 번거로움 없이 서울과 경주를 오가려면 기차보다는 고속버스를 이용하는 편이 좋겠다.

기차

청량리역에서 탑승. 무궁화호 열차로 경주역까지 5시간 반 정도 소요된다. 요금은 2만 원대.

고속버스

서울고속버스터미널에서 탑승. 경주고속버스터미널 하차. 4시간 정도 소요된다. 우등버스 3만 원대, 일반버스 2만 원대.

시내 이동

경주시청 홈페이지 www.gyeongju.go.kr/open_content/index.jsp를 통해 경주시티투어버스를 예약할 수도 있다. 4개 코스 중 선택 가능.

다시,

경주에 살다

　가끔 좋아하는 곳이라거나 종종 가봤다고 하는 사람들이 있긴 하지만, 대부분
의 사람들이 '수학여행'이라는 희미한 기억만 가진 곳이 내가 태어나고 자라온 경
주다. 막 경주를 떠나 큰 도시에서 새로운 사람들을 만나 서로의 이야기를 하게 되
었을 때, 경주에서 왔다고 하면 조금 달리 바라보는 시선을 느꼈다. 나는 그저 나
의 이야기를 겨우 할 수 있었지 내가 자라온 풍경의 특별함에 대해서는 이야기 해
줄 것이 없었다. 어린 시절의 풍경은 대체로 사진으로 기억된다. 나는 세심하면서
소심한 성격이었는데, 그건 사람과의 관계에서 그랬다. 주변의 환경이나 풍경에
대해서는 대체로 무관심한 성격이었다. 그래서 꼬박 이십 년을 자라왔어도 내게
경주는 배경이었을 뿐이다. 기회는 있었다. 미술학원 다닐 때 숲이나 공원에서 열

리는 그림대회 준비로 풍경사진을 찍으러 다닌 적이 있었다. 그즈음부터 친구들과 계림숲이나 천마총으로 산책을 가곤 했지만 그림대회에서는 번번이 떨어졌고 그 풍경도 재미가 없었다. '나는 자연물을 그리는 일에는 영 소질이 없어'라고 말하기 시작했고 대학에 들어가면서부터 서울에서 지냈다. 그후 몇 년 만도 아니고 두어 달 만에 4시간 버스를 타고 경주로 내려오던 날, 경주가 보였다. 계속 창밖을 보고 있었지만 그 경계가 어디인지도 모를 부분에서부터 누런 빛으로 펼쳐진 풍경이 눈에 담겼다. 무관심한 사진 속 배경일 뿐이었다 해도 잔잔히 스며들어 있었을 공기와 냄새, 색깔이 어느 순간 가득 되살아났다.

나의 친구들도 마찬가지였을지도 모른다. 십대의 우리들은 시간이 부족했고, 경주에서 살아간다기보다는 지금이 아닌 나중을 위한 시간들을 보내고 있었다. 오히려 그래서 경주를 떠난 뒤 그전보다 좀더 밝은 눈으로 경주를 마주할 수 있었던 것 같다. 학교를 마치고는 방학이나 휴일이면 가던 경주에 온전히 돌아가게 되었다. 대도시의 생활에서 벗어나고 싶기도 했고 이 작은 도시에서 시간을 보내야지, 라고 언젠가부터 마음을 먹기도 했었지만 마땅한 계획은 없이 무작정 휩쓸리듯 경주로 왔다. 그후 내게 경주는 조금 더 떠돌다가 마흔이 넘어 돌아와 오래 머물고 싶은 곳이었다가, 아이가 생겨 막 걷기 시작할 무렵에는 꼭 이곳에 살아야지 하는 곳이었다가, 다시 태어나 글 쓰는 사람이 되면 남산 자락에 집을 지어야지 하며 다음 생까지의 다짐을 하는 곳이었다가, 때로는 흔적도 남기지 않고 떠나버리고 싶은 곳이 되기도 했다. 그러나 결국 지금, 지금의 내가 존재하는 곳이 바로 경주가 됐다. 경주에 다시 돌아와 첫 일 년을 보내면서, 내가 경주에서 자랐던 지난 시간들이 무색할 만큼 처음으로 네 번의 계절을 제대로 겪었다. 어린 시절 제대로 보이지 않았던 풍경에서 한 발짝 물러난 후에야 스며들기 시작해 깊숙하게 자리를 잡으니 오히려 이 작은 도시의 전체적인 풍경이 한눈에 들어왔다.

또 겨울이 가고 다시 나무를 깨우는 봄바람이 부는 지금, 손끝으로 세상을 알아가듯이 지난 계절들을 떠올리고 있다. 시간이 지나면 어떻게 다시 다가올지 모르지만.

어렸을 적엔 약속할 때 대부분 '영국제과 앞, 몇 시'라고 했었다. 영국제과는 시내에 있는 큰 빵집이면서 많은 사람들이 타고 내리는 버스정류장 앞에 있었다. 지금 그 자리는 안경점이 되었고 영국제과는 근처로 옮겨 작게 자리잡고 있다. 속도는 느리지만 경주 또한 쉼 없이 변해가고 있다는 걸 느낀다. 자그마한 시내는 삼십 분 안에 전체를 다 돌아볼 수도 있다. 이제는 아는 얼굴 마주치기도 힘들지만 한창 돌아다닐 적엔 잠깐 사이에도 같은 얼굴을 몇 번이고 마주쳐 괜스레 웃음이 나오기도 했었다.

봉황대와 금관총

Bonghwangdae and Geumgwanchong

중앙통에서 조금 비껴나면 언덕같이 둥근 무덤이 여러 구 있다. 지금의 봉황대는 공원으로 잘 관리되어 돗자리를 깔고 눕기에도 좋고 봉긋한 무덤들과 그 사이로 난 오솔길들이 따뜻하게 느껴지지만, 예전에는 무덤 사이사이의 길이 어둡게 우거지고 사람도 잘 다니지 않아 조금 무섭기도 했었다. 전에 비해 요즘의 모습은 꼭 어둡던 방의 커튼을 모조리 걷고 창문을 활짝 열어놓은 느낌이랄까.

정확히 어느 왕의 능인지 모른다는 이 무덤들은 이제 경사면에 크게 자라난 고목도 몇 그루나 되서 작은 산처럼 느껴진다. 일반인의 무덤과 비교하면 크지만 넘볼 수 없을 만큼 거대한 정도는 아닌 무덤들은 아이들도 나도 막 달려 올라가 미끄러지듯 내려오고 싶게 만든다.

서양처럼 공원을 이룬 묘지들과는 또다른 모양을 한 둥근 무덤들이 은행에서 일을 보거나 신발을 사 신고 밥을 사 먹는 골목에 자리하고 있는 것이 특별할 것 없이 자연스러웠다.

| 경주봉황대고분(경주노동리고분군)
경주시 노동동 261

커피 클럽 R, 커피 플레이스
Coffee Club R, Coffee Place

두 곳 다 볕 좋은 길에 위치해 밖을 향해 앉아 한낮부터 노을 질 때까지 능을 바라보기에 좋은 곳. 커피 클럽 R에서는 종종 원두를 사곤 했는데 무얼 고를지 혼자 갸웃거리고 있으면 주인이 조용조용 다정하게 이것저것 알려주시기도 한다. 10미터도 안 되는 거리에 있는 커피 플레이스는 계절별로 과일음료도 맛있어 늘 사람들로 붐비는 곳이다. 창가 자리에 사람이 많거든 테이크아웃을 해서 길만 건너면 잔디밭에 능과 나무들이, 또 그 아래 벤치와 그늘도 있으니 날이 좋을 때면 천천히 거닐며 마시는 것도 좋다. 두 곳은 아주 가까이 나란히 위치하고 있지만 분위기나 색깔이 달라 그때그때 기분이나 날씨에 어울리는 곳으로 들어가곤 한다.

| 커피 클럽 R
경주시 노동동 14
070. 7631. 4620
am 12:00 - pm 23:00
첫째, 셋째 화요일 휴무

| 커피 플레이스
경주시 노동동 43 - 1
010. 2352. 2573
am 12:00 - pm 24:00
일요일 휴무

명동쫄면
Myeongdong Noodles

　서울에서 지낼 동안에 잠시 경주에 내려가거나 먼저 내려간 친구가 있을 땐 서로 명동쫄면의 안부를 물었었다. 함께 내려와 있을 때는 당연히 함께 먹으러 갔고. 경주에 내려와 있는 요즘도 서울에 가 있는 친구들에게 이따금 김이 풀풀 나는 유부쫄면 사진을 찍어 보내면 우는 얼굴의 답이 돌아오곤 한다.

엄마가 이십대 초반일 때 생긴 곳이고 나도 엄마를 따라 어릴 적부터 먹으러 다녔으니 꽤 오래된 곳인데, 내가 이만큼 커버릴 동안에도 그곳에서 일하시는 아주머니들은 그때 모습 그대로 변함이 없다.

시간이 지나면서 언론에도 소개되고 타지에서도 많은 사람들이 찾아온다지만 나와 내 친구들은 그 맛보다, 많은 것들이 생겨났다 금세 사라지는 변화 속에서도 언제나 그 자리에 있는 여전한 모습 때문에 그 집을 계속 찾아가는 것 같다. 중학생 때부터 늘 함께 가던 친구가 비빔쫄면의 쑥갓과 양배추는 빼고 주문하곤 했었는데 이젠 빼지 않고 다 먹을 수 있게 되었다는 것이 변화라면 변화다. 추천 메뉴는 유부쫄면. 동행한 이가 있다면 비빔쫄면을 함께 시켜 나눠 먹는 것도 좋다.

| 명동쫄면
경주시 노동동 80 - 8
054. 743. 5310
am 11:30 - pm 20:30
첫째, 셋째 화요일 휴무

경주장 여관
Gyeongjujang-inn

나는 경주에 먹고 자는 집이 있으니 밖에서 잘 일이 없지만 한번 묵고 싶은 곳이 있다면, 시내에 자리한 덩굴로 잔뜩 뒤덮인 '경주장'이다. 여름이면 초록의 담쟁이 잎으로, 겨울이면 쓸쓸하게 메마른 덩굴이 퍼져 있는 4층짜리 여관. 눈에 잘 띄지 않아 스쳐지나기 쉽다. 하지만 한번 눈에 들어온 후로는 지나갈 때마다 올려다보며 '내가 글을 쓰는 사람이라면 이곳에 짐을 풀고, 주머니에 손을 찔러넣은 채 이곳저곳 쏘다니다 밤에는 글을 쓸 텐데' 하고 상상을 하던 곳이다.

상상만 해서 무얼 하나. 사실 저곳에 묵어야 할 사람이 꼭 글쟁이여야 할 이유도 없고 나 역시 쏘다니다 집으로 돌아가지 않고 이곳에 간단한 짐을 풀고 밤엔 그림을 그릴 수도 있다는 생각이 든 후로는, 마음이 끌리는 날을 기다리고 있다.

| 경주장
경주시 황오동 308 - 1
054. 742. 8100

경주 황남빵
Gyeongju Hwangnam Bread

    서울에 있던 친구가 사촌의 결혼식이 있어 내려왔다. 미술학원에서 만난 친구
인데 외할머니댁이 경주라 이따금 내려오면 함께 산책을 하곤 한다.
사실 경주에 남아 있는 친구가 없다. 어릴 적부터 여전히 만나는 아이들은 대부분
서울로 갔고 경주에서는 달리 왕래하는 또래친구가 없어 이곳에선 엄마가 가장 가
까운 친구이다. 이따금 서울에 올라가 만나거나, 친구들이 경주에 내려오면 쏜살
같이 달려가는 일이 전부다. 그래서 친구 S의 이번 경주행이 얼마나 반가웠는지
모른다. 짧은 일정에서 시간을 내 잠시 걷기로 했다.
한 번씩 경주에 오는 친구들은 돌아가는 길에 황남빵을 사가곤 한다. 친구네도 가
족 모두가 황남빵을 좋아해서 돌아가는 길에 황남빵집으로 향했다. 경주에 있는
가장 많은 가게가 찰보리빵 가게와 황남빵 가게라 해도 과언이 아닐 정도인데, 서
로 원조에 발명자의 집이라고 간판을 내건다. 가장 줄이 긴 황남빵집을 두고도 사
람들은 자신의 입맛대로 황남빵집을 따로 찾아가기도 한다. 우리가 가는 곳 또한
크지 않아 아담한, 우리끼리 '형네 황남빵'이라 부르는 황남빵 가게다. 문을 여니
구수한 단팥 냄새가 난다. 빵이 나오길 기다리다 갓나온 빵을 받아들고 친구와 손
을 흔들며 헤어졌다. 뜨거운 황남빵이 담긴 상자를 들고 서울로 가는 친구와 따뜻
해진 빵 봉투를 품에 안고 집으로 돌아오던 나는 반대 방향으로 걷고 있었지만, 부
드럽고 달달한 팥은 우리에게 닮은 미소를 짓게 했을 것이다.

| 경주 황남빵
경주시 황오동 307
054. 743. 4896

아사가
Asaga

　나는 쑥차, 함께 간 동생은 연잎차를 시켰다.
봄이라곤 하지만 옷깃을 여미지 않을 수 없는 4월의 저녁이다. 이맘때면 엄마도
종종 쑥을 캐서 쑥국을 끓이시곤 하시는데 그 쑥에서 나던 향이 지금 내 찻잔에서
뭉근하게 난다. 커피기계 돌아가는 소리와 주문 외치는 소리, 젊은이들의 수다로
가득한 카페에서 도망치고 싶을 때 이런 찻집이 좋을 것 같다. 우리의 이야기를 가
지런히 펴보고 싶을 때. 더러 마주치는 손님의 대부분은 어르신인데 종종 스님들
도 있다. 캐주얼한 차림의 우리의 등장은 처음엔 우리 자신도 조금 낯설지만 그 고
요함 속에 차향 피어오르면 우리도 어느덧 익숙하게 스며들어 있다. 수북하게 쌓
여 있는 찻잔들과 여기저기 기대어진 전통 악기, 누군가의 그림 때문에 작업실의
느낌도 든다. 이곳에 세 시간 정도 있었는데 무슨 이야기를 했는지 기억이 나질 않
는다. 우리들은 저마다의 시간과 그 시간에 함께 동반되는 고민을 안고 있었고, 하
나둘 꺼내어보고 또 서로의 이야기를 들었을 것이다. 잔뜩 어두워진 밖으로 나오
니 고요하던 시간의 소리와 쑥향만이 나를 따르고 있었다.

| 아사가
경주시 노서동 9 - 2
054. 771. 7625

'성동시장', 서울순대와 본떡
Seongdong Market

경주에 크고 작은 장들이 많지만 가장 크게는 윗시장과 아랫시장이 있는데, 정식 명칭은 각각 성동시장과 중앙시장이다. 이곳 사람들은 쭉 윗시장, 아랫시장으로 부르고 있다. 나는 아랫시장 쪽에 사셨던 외할머니를 따라 다닌 탓에 윗시장에 대해선 많은 기억이 없다. 그런데도 오랜만에 친구를 따라 찾은 윗시장은 내게도 왠지 모를 향수를 불러일으켰다. 십대 후반 미술학원에 다닐 적, 쉬는 시간마다 떡볶이를 사 먹으러 근처 동네시장에 달려가곤 했었다. 지금 그곳은 상권이 많이 죽어 떡볶이 집은 이미 예전에 사라져 아쉬웠는데, 윗시장은 여전히 먹거리가 많고 장도 쭉 늘어서 있었다. 어릴 때 본 가게들도 거의 그대로 남아 있어 반가웠다. 친구가 머물렀던 2박 3일간의 일정은 윗시장에서 떡집에 들러 친구네 아버지가 좋아하셨다던 본떡과 쑥떡을 사고 서울순대에서 따끈한 순대 한 접시를 먹는 걸로 맛있는 마침표를 찍었다. 순대가 됐든 뭐가 됐든, 함께 먹는 걸로도 좋으니 매일매일 오고 싶다는 친구의 말에 덜컥 마음이 뭉클해졌다. 버스를 타도 금방이고, 걷거나 자전거로도 잠시면 올 수 있는 시장인데 매일매일 오고 싶다는 말이 먼 바람일 수밖에 없는 것도, 이 접시를 비우면 우리가 헤어져야 한다는 것도. 귓갓길에 장을 보고 간식을 사가느라 걸음이 바쁜 사람들 사이에서 언제든 불러내 만날 수 있을 것처럼, 어스름해지는 시장 골목에서 친구와 헤어졌다.

| 성동시장 (윗시장)

경주시 성동동 51 − 1

054. 772. 4226

쓸쓸함 탓에 돌아오는 걸음이 떨어지는 해를 따라 점점 땅으로 꺼지는 것만 같았다. 다음날 한 번 더 들른 시장에서 호떡을 사 먹고 종이컵에 오뎅국물을 가득 담아 후루룩 마시며 천천히 시장 골목을 둘러봤다. 저마다의 이야기로 시끌벅적함 속에서 아주머니들은 채소를 다듬고 떡볶이 국물을 휘젓는, 어제와 다를 바 없는 일상을 마주하고서야 쓸쓸함이 달아났다. 몇 년 후가 될지 모르지만 또 같이 이곳에 와 어제의 이야기를 해야겠다 생각하며 돌아왔다.

| 서울순대
경주시 성동동 51 – 1 성동시장

천마총과 첨성대
Cheonmachong and Cheomseongdae

천마총 돌담을 따라 길게 휘어진 길을 지나면 눈앞에 단정하게 관리된 풀밭 위로 인왕동 고분군이 펼쳐진다. 고분들을 보며 공터를 낀 삼거리까지 천천히 걷는다. 첨성대와 계림숲, 반월성, 안압지 등으로 향하게 나뉜 삼거리에서 나무를 감싸듯이 놓인 둥근 벤치에서 잠시 쉬어간다.

어떤 주말 이른 아침, 걸어서 그 벤치에 이르니 장사를 준비중이신 솜사탕 파는 아주머니와 나 말고는 아무도 없었다. 가만히 첨성대를 향해 앉았다가, 계림숲과 인왕동 고분군 뜰을 향해 앉았다가, 아무런 판단 없이 머릿속을 텅 비운 채 첨성대를

| 대릉원, 천마총
경주시 황남동 53
054. 772. 6317
am 08:30 ─ pm 22:00
성인 1,500원 청소년 700원 어린이 600원
| 첨성대
경주시 인왕동 839 ─ 1
054. 772. 5134
am 09:00 ─ pm 22:00 (동절기 pm 21:00까지)
성인 500원 청소년 300원 어린이 200원

이루는 네모난 돌들을 한참 바라보고, 멈춘 듯 조심스레 흔들리는 먼 곳의 나무들을 바라보았다. 그러다보니 그 적막함 속에서 아이가 잠든 후에야 깨어나 밤새 노는 장난감들처럼 돌과 나무, 풀잎들이 그들만의 시간을 보내는 걸 엿본 듯 묘한 기운이 느껴졌다. 그렇게 시간이 조금 지나니 관광버스가 하나둘 도착했다. 대열을 맞춘 아이들이 시끌벅적하게 첨성대를 빙그르 둘러보기도 하고, 가족 단위의 사람들이 지나가자 순식간에 사람 가득한 주말의 관광지가 되었다. 첨성대를 이루는 돌들과 저 숲의 나무들은 사람들의 소란스러움과는 상관없는 듯 풍경 속으로 물러나 한나절 깊은 잠에 빠진 듯했다. 그 사이에서 홀로 벤치에 앉아 있으니 나는 경주를 찾아 몇 시간을 달려온 사람들보다도 더 낯설고 비밀스러운 여행자가 된 기분이었다. 천마총은 4월에서 5월, 벚꽃이 가득할 때가 좋다. 신록이 넘치는 나무 아래의 길도 좋다.

계림숲과 반월성 둘레길
Gyelim Forest and Banwolseong

　얼마 전 15년 넘게 이웃하던 가족이 황남동으로 이사를 갔다. 황남동은 조금 걸어나가면 바로 계림숲과 반월성으로 이어져 있어 산책하기 참으로 좋은 동네이다. 이따금 부러 시간을 내어 그곳을 걷는데 이사를 가신 아주머니께도 연락을 해 같이 걷곤 했다.

숲이라 하면 보통 넓고 울창한 곳을 떠올리지만, 계림숲은 낮은 담장으로 둘러싸인 아담한 숲이다. 지난여름에는 마침 잔디 깎는 작업 직후에 갔더니 깎여나간 잔디의 풀물향으로 가득해 왠지 더 싱그러운 기분이 들었다. 작업이 끝난 후 소나무 그늘 아래서 탁주로 새참을 드신 후 나란히 누워 한숨 주무시는 아저씨들도 연두빛 잠에 푹 빠져 있었을 것이다.

계림숲에서 나와 조금 올라가면 반월성이다. 그 둘레를 따라 오르락내리락 걷곤 하는데, 이 둥근 숲길의 정확한 명칭은 잘 모른다. 우리 가족을 포함해 이 길을 걷는 지인들 사이에서는 반월성 둘레길로 통하는데, 이곳은 특히 사람의 손길이 닿지 않은 숲의 모습을 하고 있어 사계절 어느 때에 걸어도 참 좋은 길이다.

| 계림
경주시 교동 1
054. 779. 8743
am 09:00 ~ pm 18:00 (동절기 17:00)
연중무휴

한 번은 오른쪽에서부터 둥글게 걷고, 한 번은 왼쪽으로 둥글게 걷는다. 같은 장소인데도 왼쪽, 오른쪽 걷는 방향에 따라 보이는 풍경이 달라진다. 조용한 때를 잘 맞춰 가면 켜켜이 쌓여 바스락거리는 낙엽을 밟으며 오롯이 걸을 수 있다. 이따금 멀지 않은 박물관에서 들려오는 에밀레 종소리까지 함께한다. 나도 모르게 숲이 이끄는 방향대로 걸으며 좀 전까지의 세상과는 전혀 다른 곳에 초대되어 온 기분이 들곤 한다. 요즘은 한창 복원공사 막바지에 들어선 월정교의 모습도 보여 고즈넉함을 더해준다. 봄이 되면서는 반월성 뒤편에 넓고 평평한 바위들이 놓인 새로운 공간이 나타난다. 흐르는 물이 있고 둥글게 흘러내리는 듯한 나무들이 그늘을 만들어주는 곳. 봄, 여름 나무 아래 바위에 앉아 책을 읽거나 사색에 잠기기 좋은 장소이다. 한창 벚꽃이 피어나 길마다 고운 분홍빛이 가득하던 날, 이곳을 바라보며 길에서 그림을 그리던 아저씨를 본 적이 있다. 그의 그림 속 봄바람 가득하던 숲이 아직도 잊히지 않는다.

| 반월성
경주시 인왕동 387 - 1
054. 779. 8743

233

'네 그루의 나무와 커피 한 잔', 프리 쉐이드
Free Shade

　찰칵.

네 그루의 나무가 서로 등을 기댄 채 곧게 서 있는 듯한 모습을 찍어 친구에게 보낸다. '이 나무들 좀 봐. 결국 한 그루의 나무 같아.' 저렇게나 크게 자랄 나무들을 옹기종기 심어놓은 것은 좀 가혹했다 싶긴 하지만 기특하게 마구잡이로 자라 엉킨 것이 아니라 각자 밖을 향해 가지를 뻗고 있다. 멀리서 보면 각각의 네 그루가 아닌 하나의 큰 나무로 그려진다. 당연한 것일 수도 있는 자연의 모습이 근사하게 느껴지는 건 역시 부족한 인간의 감정을 이입한 탓이겠지만 말이다. 누런 바람이 꽤나 부는 날이라 야외 테이블에 사람이 아무도 없다. 옳지 잘됐구나 싶어 자리를 잡고 길 건너편을 향해 앉으면 네 그루의 높은 나무와 두 구의 무덤이 바로 찻길 건너 몇 걸음 앞에 있다. 클래식한 잔에 나오는 커피야 누런 바람이 모래를 뿌리겠지만 식기 전에 후루룩 마시면 그만이라 나는 풍경을 향해 앉는 쪽을 고른다.

| 프리 쉐이드
경주시 황남동 167 – 2
054. 771. 5726
pm 12:00 – pm 23:00
연중무휴

봄날
Bomnal

　어느 날 허름하던 옛집이 나지막이 아담한 한옥집으로 새로이 다듬어지더니 작은 카페와 게스트하우스가 생겼다. 오래된 동네의 골목골목을 걷다 잠시 쉬고싶을 즈음 마주치게 되어서 기분 좋을, 딱 그런 곳에 나타난 '봄날'이 참 반가웠다. 싹싹한 여주인 분께서 카페와 숙소를 함께 운영하시는데 언제 가도 친절하신 분이라 몇 번 가지 않고도 친숙한 느낌이 생겨버렸다. 카페 내부는 크지 않지만 커피 냄새와 기구들은 한옥의 빛깔, 나무 천장과도 잘 어울린다.

| 봄날
경주시 황남동 221 - 13
054. 777. 0540
| 꽃자리
경주시 황남동 221 - 14
070. 7136. 8995

오히려 크지 않아 좋은 공간이다. 사람이 많지 않을 땐 바로 뒤 숙소가 있는 마당을 한 바퀴 돌아보기도 하는데 모란, 수국 등 꽃 이름이 단정하게 적힌 방의 문패도 귀엽고, 연못 주변 가득한 꽃과 나무들은 작지만 풍성하다.

게스트하우스는 '꽃자리'란 이름으로 운영되는데 조금만 걸으면 천마총, 대릉원, 계림, 반월성 등등 모두 가까이에 있어 여행객이 묵어 가기에 좋은 위치이기도 하다.

카페 737
Cafe 737

　퓨전 한옥이라고 해야 할까, 기와가 얹어진 아래로 네모난 창이 크게 나 있는 하얀 카페이다. 나이 많은 골든리트리버, 곰순이가 카페 입구에 엎드려 자고 있다. 젊은 부부가 하는 카페는 이따금 부부의 아이가 뛰어다니기도 하고 곰순이가 어슬렁어슬렁 모습을 보이기도 한다. 잔디가 깔린 마당이 보이는 창가에서 이야기를 나누다 걷기도 하고 곰순이를 쓰다듬기도 하는, 친구네 집에 들러 쉬었다 가는 기분에 종종 가게 된다. 햇볕이 가득한 창가는 눈이 부셔와도 오래 앉아 있고 싶은 공간이다.

| 카페 737

경주시 737 – 3

054. 741. 0235

am 11:00 – pm 23:00

안압지(월지)
Anapji(Wolji)

해가 졌는데도 눈치 없이 쏘는 조명을 뒤로하면 안압지의 연못가는 해가 질 때
부터 걷는 것이 좋다. 길을 잃지 않을 정도의 조명을 따라 어두운 숲길을 걸으면 눈
에 들어오는 건 어둠뿐이지만 그때문에 나무들의 소리가 잘 들린다. 무궁화호와 새
마을호가 지나가는 기찻길이 담 너머에 있어서 마침 시간을 잘 맞춰 지나가는 기차
까지 마주치게 되면 그리 놀라운 풍경이 아닌데도 절로 신기한 마음이 들어 기차의
불빛이 다 지나갈 때까지 바라보게 된다. 어둠 속 풍경은 때로 더 짙은 냄새와 자신
만의 빛을 내뿜는다. 그 빛은 우리가 비추는 조명으로는 아무리 해도 볼 수가 없는
것이다.

| 안압지(월지)
경주시 인왕동 26 - 1
054. 772. 4041
am 09:00 – pm 22:00
성인 1000원 청소년, 군경 500원 어린이 400원
연중무휴

박물관 뒤뜰
Gyeongju National Museum

　　학교에서 소풍이나 견학으로 늘 가는 곳이 몇 군데 있었는데 박물관도 그중 하나였다. 정확한 명칭은 경주국립박물관. 어릴 적 박물관 마당에 있는 에밀레종을 학교에서 배우고 실제로 보는 것이 신기해서, 박물관에 가게 되면 꼭 달려가 들여다보았었다. 이제 종소리는 녹음된 소리로만 들을 수 있게 되었다. 여름에도 서늘하고 어두운 실내전시장에 가면 매년 수첩과 볼펜을 들고 빼곡히 적어 나왔지만 기억나는 것이 하나도 없었다.

그런 박물관에서 가장 좋아하는 곳은 박물관 뒤뜰. 비라도 내리는 날이면 더없이 쓸쓸하게 느껴지는, 머리 잃은 불상들이 나란히 앉아 있는 곳이다. 어릴 땐 그저 호기심에 자꾸 봤던 것 같은데 지금은 머리가 없는데도 초연하게 앉아 있는 모습을 보면 사소한 일들에도 이리저리 휩쓸리는 우리들의 모습이 그저 우스워져, 마음이 소란스러울 때면 박물관 뒤뜰을 찾아가곤 한다. 박물관 내부에 있는 불교미술관에는 여러 불상이 전시되어 있는데 그중 '약사불'은 중생들의 무지(無智)의 병까지도 고쳐준다고 한다. 무지의 병까지 고쳐준다니, 크고 작은 바람을 담아 약사불을 바라보다 오는 것도 꼭 하는 일이다.

| 경주국립박물관

경주시 일정로 186

054. 740. 7500 ∼ · 7601

am 09:00 ~ pm 18:00 (토요일, 공휴일 1시간 연장)

am 09:00 ~ pm 21:00 (야간 연장 개관, 3 ~ 12월 중 매주 토요일)

1월 1일, 매주 월요일 휴관 (옥외전시장은 휴관일에도 무료 개방)

무료 (유료 특별전시 제외)

황룡사지와 치미
Site of Hwangnyongsa

터만 남아 있는 황룡사지가 다시 보였던 건 박물관에서 황룡사터에서 발굴되었다는 '치미'를 보고난 후부터이다. 관광지에서 살다보면 놀러온 지인들을 안내하게 되는 경우가 적잖이 있다. 최대한 여러모로 좋다고 여기는 공간들을 엄선해 안내하지만 같은 장소여도 사람마다 다르게 본다. 특히 박물관 같은 경우 어렸던 내가 그랬던 것처럼, 훑듯이 재빠른 걸음으로 스쳐 지나며 관람을 끝내는 경우가 허다하다. 그런 이들은 박물관을 떠나 솔바람이 부는 계림숲이나 남산 자락 어디를 함께 가도 '바람 좋~다, 나무 많네'라는 감상에서 그치곤 한다.

| 황룡사지
경주시 구황동

하지만 황룡사지에 가기 전 함께 박물관을 찾은 이들은 그런 점에서 내게 작은 감동을 주었다. 전시관에서 만난 '치미'. 기와지붕 용마루의 양끝을 장식하던 치미에 반하였는지 한 바퀴를 찬찬히 다 돌아보고도 다시 치미가 전시된 유리관 앞으로 가 들여다보는 모습이 괜스레 감동스러웠다. 비가 와 달리 많은 곳을 다닐 수 없기도 했지만 박물관에 함께 오길 참 잘했다. 그래서 박물관에서 나와서는 그 '치미'가 발견됐다는 황룡사지로 향했다. 황룡사터는 몇 번 온 적이 있지만 내게도 그 전까지는 탁 트여 풍경 좋은 터, 정도였다. 하지만 그날은 나 또한 '치미'와 월지관에서 본 많은 것들을 염두에 두고서 찾으니 전혀 다른 기분과 풍경을 마주했다. 한때 아름다운 목조건축물의 지붕 끝에서 멋을 더했을 치미는 유리관 안에 있고, 우리들은 그 흔적을 찾아 지금은 텅 빈 벌판에서 과거를 상상한다. 비오는 날과 꽤 어울리는 일이었다. 치미: 목조건물의 용마루 양끝에 높이 부착해 장식하던 기와. 동시에 화재 예방도 했다고 한다.

남산동

    남산동 일대는 '통일전'으로 통하지만 나는 그곳에 사시는 아는 분 덕에 동네 전부를 남산아주머니네로 부르곤 한다. 버스를 타고 가 걷는 것도, 차를 타고 드라이브하는 것도, 또 가볍게 혹은 숨이 차도록 산행을 하기에도 모두 좋은 마을이다. 내 마음에 쏙 들려고 그랬는지 올 때마다 양지바르고 포근한 느낌이라 몇 년간은 이 마을에 내 집을 갖는 것이 꿈이었다. 처음 이 낯설던 동네를 산책하던 중 낮은 담 너머로 네모난 창이 나 있는 누군가의 서재를 보고 반했었는데, 두어 번 더 그 집을 찾아 돌아다녔지만 꿈꾼 것 마냥 아직도 그 서재가 있던 담장을 마주치지 못했다.

산림환경연구원
Institute of Forest & Environment

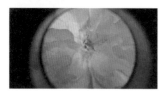

　　박물관을 지나 통일전으로 이어지는 길을 사이에 두고 양쪽으로 작은 수목원이라 불러도 좋을 만큼 아담한 숲이 조성되어 있다. 계절마다 다르게 피어나는 꽃나무들로 따뜻한 날이면 즐거운 사람들로 가득하다. 봄과 여름은 싱그러움으로 가을은 온종일 노을빛으로 가득하다. 겨울의 흰 눈이 쌓일 때면 한 번도 가보지 못한 세계로 들어간 기분이 든다. 마침 사람 하나 없던 숲길에서 외나무다리 아래 개울물에 비치던 하늘도 높이 솟아 있던 전나무 길도 모두 꿈같이 남아 있다.

| 통일전
경주시 칠불암길 6 (남산동920 − 1)
054. 779. 8760 ~ 8763
am 09:00 − pm 17:00 (동절기)
am09:00 − pm 18:00 (하절기) 연중무휴
성인 300원 청소년, 군경 150원 어린이 100원

그리고 겨울. 일 년 어느 때라도 식물이 가득한 곳은 아름답기 마련이지만 막 겨울을 지나온 탓인지 지금 나에겐 눈 쌓인 숲의 풍경이 가장 아름답게 기억된다. 겨울이면 찾는 사람이 더 적은 이 숲에서는 뽀드득 소리가 나는 눈을 밟으며 바싹 말라 툭툭 꺾인 나뭇가지들 사이로 걷다보면 추위도 잊고 눈밭을 헤매게 된다.

다시 봄. 절로 자라나고 변화하는 숲이 아니라 관리되는 삼림연구원이니만큼 또 한 해를 준비하는 손길이 바쁘다. 여기저기 분주하게 나 있는 수레의 바퀴자국, 흙에 바짝 몸을 붙이고 움직이는 모습만 봐도 설렌다.

| 경상북도 산림환경연구원
경주시 통일로 367 (배반동 1030 – 1)
054. 778. 3800 ~ 3832
am 09:00 – pm 17:00 (동절기)
am 09:00 – pm 18:00 (하절기)
연중무휴

헌강왕릉, 정강왕릉
Tomb of Heongangwang and Tomb of Jeonggangwang

삼림연구원에서 나와 통일전을 향해 찻길을 따라 쭉 걸어가면 형제의 무덤, 헌
강왕릉과 정강왕릉이 차례로 나온다. 자세한 안내도 없이 길가에 화살표 모양을 한
현판만 하나씩 있어 스치고 지나가기 쉬운 곳이다. 게다가 초행길에 소나무 가득한
입구만 보면 그 안을 예측하기가 어려워 선뜻 걸음이 떨어지지 않을지도 모르겠다.
능으로 향하는 소나무 길은 사람의 발걸음이 낯선 듯 아무렇게나 튀어나와 있는 뿌
리들과 떨어진 지 오래됐을 솔방울, 나뭇가지들로 가득하다.

입구에서 왕릉까지 멀지 않은 길을 걷는 동안 빼곡한 소나무들 사이로 스며드는 햇살 때문에 이리 인적 드문 곳에서 잠든 이를 생각하니 괜스레 쓸쓸해졌다. 그러던 중 길 끝에 솔숲으로 둘러싸인 무덤이 보였다. 무덤 위로는 하늘이 열려 있어 햇살이 쏟아지고 있었다. 하루 한 사람도 찾아오지 않는 날이 더 많을 이곳을 해가 떠 있는 동안은 햇살이 그 위를 따뜻하게 지켜주는 것 같아 안도감이 들었다.

멀지 않은 곳에 나란히 놓인 두 무덤, 생전의 시간이 어땠을지는 몰라도 참으로 아늑한 잠자리다.

| 헌강왕릉, 정강왕릉
경주시 남산동 산 55, 산 53

칠불암

Chilbulam

옛 앨범을 보면 높은 산의 가파른 바위에 눕다시피 기대어 찍은 사진이 있다. 어린 나는 산을 오르내리는 것을 꽤 잘했는데, 그 사진 속의 날은 유난히 큰 바위가 많았던 남산의 마애석불을 보러 가는 길이었다. 산의 정상에 오르는 길은 평탄한 길에서부터 아슬아슬 발을 잘 내딛어야 하는 길 등 여러 갈래의 길이 있다. 얼마 전 다시 그 길을 엉금엉금 올라가며 어린 내가 어떻게 그 바위를 기어올랐는지 기특하게 여겨졌다. 산행은 언제나 그렇듯 전과는 다른 공기에 괜히 들떠서 가벼운 걸음으로 시작된다. 얼마 못 가 다리도 무거워지고 말수도 적어지지만 잠깐의 고비가 지나고 정상에 오르면 다시 만족스러운 기분이 되어 소리는 못 질러도 절로 팔을 쭈욱 뻗게 된다.

| 남산 칠불암
경주시 남산동 산36 - 4
054. 772. 3843

잔뜩 바위를 짚으며 도착한 곳은 마애석불을 모시고 있는 칠불암 암자. 헉헉거리며 온 길과는 어울리지 않게 의외로 작고 아담하게 숨어 있는 모습이었다.

남산 마애석불은 유명한 만큼, 자주 본 듯 익숙하기도 하다. 하지만 바위를 깎아 만든 그 단단함에서 은은한 미소가 느껴지는 걸 직접 보지 않고는 그 은은함을 설명하기가 힘들다. 마애석불을 보다가 암자 마당 여기저기에 놓인 기왓장에 그려진 그림에 눈길이 갔다. 어린 아이의 것 같기도 한 그림들은 몇 년 전 다른 곳으로 수행을 떠났다는 헝가리 사람, 효공스님이 그린 것이라고 한다. 그림 아래에는 한글과 영어로 적힌 문구들도 있었다. 그중 지팡이를 짚고 걷는 나그네의 모습과 함께 'Where are we going'이라고 적힌 그림이 마음에 와 닿아 한참을 들여다봤다. 오늘 하루 나는 칠불암에 도착하기 위해 길을 걸었지만, 매일같이 걷는 하루들을 쌓아가며 나는 어디를 향해 가는 걸까.

남신휴게소
Namsin Rest Area

　　남산동에 있다는 이유로 수년째 남산휴게소로 알았는데 이 글을 쓰면서야 남신휴게소라는 사실을 알았다. 그냥 보기엔 자판기가 있는 등산객들이 들르는 슈퍼 정도로 보이지만 무심한듯 다정한 할머님께서 느린 손길로 잔치국수와 파전을 직접 만들어주시는 식당이기도 하다. 가게 앞마당에서도 먹을 수 있는 깔끔한 잔치국수와 파전도 맛이 좋다. 할머니께서 직접 담그셔서 그 깊은 내공을 느끼게 하는, 우리 엄마도 탐을 내는 할머님만의 귀한 장아찌도 맛이 좋다. 손으로 쓴 동동주, 파전, 국수라는 메뉴판도 정겨운 곳.

| 남신휴게소
경주시 남산1길 14번지 (통일전 주차장 남서쪽)

어묵전
Eomukjeon

기와지붕 아래 오렌지색 벽을 한 이곳은 주인아주머니의 성격 같은 시원시원
함이 느껴진다. 주인아주머니는 원래 경주 사리마을에서 도예를 하시는데 남산동
에 오가는 등산객들을 위해 건강한 수제 어묵을 먹을 수 있는 식당을 여셨다. 식당
한쪽에서는 직접 만드신 도자기들도 전시해놓고 계절에 따라 들꽃이나 작은 화분
들로 테이블을 꾸며놓는 기분 좋은 공간이다. 마트에 파는 어묵과 비교하면 값은
조금 나가지만 재료의 질로 따지면 전혀 비싸지가 않다. 식당 한편에서는 도자기들과 계절
에 따라 직접 재배한 유기농 블루베리를 구입할 수 있다.

| 어묵전
경주시 남산동 920 - 1
054. 748. 7481

여기당
Yeogidang

　바위를 기다시피 오르내려 칠불암을 들르던 날 처음 가본 곳이다. 정갈해 보이는 외관에 간판까지 귀엽다. '여기당'이라는 이름도.

메뉴는 딱 두 가지, 시래기 밥과 시래기 전. 국으로만 먹었던 시래기를 전으로 먹긴 처음인데 생각 이상으로 괜찮았다. 채를 썬 감자와 느타리 버섯, 고추와 오징어가 함께 들어 있고 부침가루를 얇게 묻혀 바삭하게 구워 나오니 맛있었다. 산행 후의 밥은 무엇이든 맛있을 테지만 시래기 전에 막걸리 한 잔은 꼭 추천하고 싶다.

| 여기당
경주시 남산동 1008 - 3
054. 743. 2752
평일 am 11:30 − pm 20:00 (pm 15:00 − pm 17:30 브레이크 타임)
주말 am11:30 − pm 20:00
월요일 휴무

은행나무 길
Ginkgo Way

통일전 앞, 은행나무가 길게 이어진 길.

노랗게 물들어 눈부신 은행나무 길을 더 많은 이들이 기억하지만, 나목이 늘어선

쓸쓸한 겨울의 길도 좋다. 양 길가로 나지막이 펼쳐진 논과 문득 외딴 섬 같은 작은

소나무 숲, 그 뒤로 겹겹이 쌓여 아득하게 멀어져가는 산들. 은행나무 길을 등지고

있는 기와가 얹어진 작은 정류장에서 버스가 오는지를 확인하며 그 길을 돌아보던 일은 전혀 지루하지 않고 즐거운 순간이었다. 친구와 함께 이 길을 천천히 지날 때, 내가 느꼈던 이 길의 기분을 너도 느꼈을까?

보문관광단지, 호숫가
Bomun Tourist Complex

어릴 적 경주의 풍경을 특별히 담아둔 것이 잘 없었지만 보문은 좀 달랐다. 물론 어린아이답게 오리배가 띄워진 물이 반짝이는 호숫가와 자전거를 탈 수 있던 전용 가로수길, 봄이면 곳곳에 흐드러지게 핀 벚꽃나무들, 여름이면 갈 수 있던 야외수영장 때문에 기억에 남은 것일 수 있다. 휴일이면 보문에 가고 싶다고 조른 적이 많았다.

| 경주 보문관광단지
경주시 신평동

주말 밤이면 가족 단위로 나온 많은 사람들이 맥주를 마시고 간식거리를 먹으며 들떠 있었다. 호숫가 야외 홀에서 노래를 부르던 외국인 아가씨와 밴드의 음악을 배경 삼아 들뜬 사람들의 목소리가 시끌벅적했다. 아마 그때가 가장 신나는 사람들로 가득하고 즐거웠던 보문의 밤이 아니었을까 싶다. 그 시절에도 혼란과 갈등은 존재했을 테지만, 그 당시 나는 철없는 아이였던 탓인지 내겐 그 여름밤의 장면이 그때만의 호시절로 남아 있다.

보문야외국악공연장
Bomun Outdoor Traditional Music Theater

　　보문에 가면 해질 무렵 국악소리가 들려오는 곳이 있다. 보문탑 아래 자리한 작은 야외공연장은 둥근 계단식 의자로 빙 둘러져 있어 부채춤이나 다양한 국악 공연을 볼 수 있는 곳이다. 누군가 춤을 추고 악기를 연주하는 모습을 가까이에서 본 것은 그곳이 처음이었다. 무료로 볼 수 있는 작은 공연이지만, 짙은 무대 화장과 환한 미소에 한복자락을 휘날리며 빙글빙글 춤을 추던 모습은 아직까지 가장 멋진 공연으로 기억 속에 남아 있다. 그리고 또 그곳에서 처음 본 북치는 모습. 3면의 북 사이에서 꽃잎 같은 움직임이 아니라 단단하면서도 유연한 기운 그 자체로서 북을 치던 무용수의 모습과 거세게 휘몰아치다 순식간에 미풍이 되어 나를 끌어당기던 북소리는 잊을 수가 없다.

┃ 보문야외국악공연장
호반장 옆 보문탑
054.779.7290

가슴 저 안쪽에서부터 북소리와 같이 둥둥둥 울리던 알 수 없는 무언가가 어릴 때에도 벅차게 느껴졌었다. 하루키의 먼 북소리처럼, 내게 그 북소리는 눈앞에 있음에도 가슴 저 깊숙한 곳에서 울려와 나를 먼 곳으로 데려다 놓는 것이었다.

5월에서 9월, 계절에 맞춰 저녁마다 공연을 하고 있으니 시원한 저녁 바람 속을 걷다 우리 음악과 춤을 즐기는 것도 좋다.

선재미술관
Seonjae Art Museum

어린 시절부터 보문에 가면 또 들르던 곳이 선재미술관이다. 어릴 적부터 경주에서도 서울 못지 않은 전시를 볼 수 있게 해줬던, 샘물 같은 곳이었다. 칼더, 보테로, 야요이 쿠사마, 배병우, 백남준의 작품까지.

미술관에 가는 건 여전히 좋아하지만, 어린 시절에도 미술관에 가는 것은 단순히 야외로 나들이를 가는 것과는 또다른 즐거움이었다. 돌이켜보면 전시를 보러 가는 일이 순수하게 즐겁기도 했지만 어린 마음에도 숨죽이며 그림을 바라보는 행위가 묘하게 어른스럽고 특별하게 느껴져 어깨에 힘이 들어갔던 건지도 모르겠다.

큰 도시의 미술관처럼 붐비지 않아 운이 좋으면 관객 하나 없는 미술관에서 홀로 조심스런 발소리를 내며 여유롭게 전시를 감상할 수도 있다.

| 선재미술관
경주시 신평동 370
054. 745. 7075
am10:00 – pm 18:00 월요일 휴관

종오정
Jongojeong

　여름, 경주의 이곳저곳을 잘 아는 이모의 차를 타고 좁은 길을 따라 오래 달린다. 뒷자리에 앉아 더운 공기와 햇살에 눌려 반쯤 감긴 눈으로 창밖으로 스쳐가는 풍경들을 흘려본낸다. 찌는 듯한 여름의 짙은 초록으로 가득한 산들 사이로 느릿느릿 달려왔는데, 웬 마을 깊숙이 들어와 움푹 낮아지는 길을 내려가니 갑자기 눈이 밝아지는 풍경에 닿았다. 배롱나무로 둘러싸인 둥근 연꽃밭과 그 뒤로 아담한 기와집 몇 채. 배롱나무 꽃들이 연꽃밭과 나무 그늘까지도 짙은 분홍빛으로 물들여, 많이 보아온 하나하나인데도 전체적인 풍경을 아주 미묘하게 만들어놓았다. 다른 세상의 것처럼. 그해 겨울, 여름의 기억을 되짚으며 옆자리에서 잠든 엄마를 태운 채 다시 종오정을 찾아갔다. 여름의 잠결에 갔던 길과는 전혀 다른, 모두 낙엽이 되고 바싹 말라 누렇게 된 산 아래길을 따라가니 지난번처럼 움푹 아래로 내려가는 길이 나왔다. 그 길을 지나 도착한 종오정에는 배롱나무의 붉은 흔적 하나 없이, 폐허 같은 겨울의 연꽃밭이 보였다. 여름의 빛은 이제 흔적도 없지만 여전히 산에 둘러싸인 채 고즈넉하게 자리한 기와집들이 점잖았고, 8월 그렇게 빛나던 꽃과 나무가 앙상하게 말라 있는 모습은 오히려 나를 안심하게 만들었다. 지난여름의 번뇌를 내려놓은 모습처럼. 그 여름의 종오정은 무릉도원처럼 기억된다.

| 종오정
경주시 손곡동 375
054. 774. 1950 (am 09:00 – pm 18:00)
010. 3570. 1950 (18시 이후)
숙박 가능

269

진평왕릉
Tomb of Jinpyeongwang

　　때로는 존재감 없던 시계의 초침소리나 가까운 사람이 방문 밖을 지나가는 걸음소리마저 신경을 건드려, 어떤 것에도 방해받지 않고 온전히 혼자이고 싶을 때가 있다. 하지만 과연 세상 어느 곳에서 우리가 바라는 대로 혼자가 될 수 있을까.

그렇게 혼자이고 싶거나 고요함을 찾을 때면 이곳 진평왕릉에 오곤 한다. 능 뒤편에 비스듬히 기대어 누워 반쯤은 저멀리 산을 반쯤은 하늘을 보고 있으면, 요즘 부쩍 늘어난 까마귀떼가 무리지어 지나가기도 하고, 바람이 짓궂게 불기도 새소리가 들려오기도 한다. 결국 원치 않음에도 보이는 풍경과 들리는 소리들이 있게 마련이

| 진평왕릉
경주시 보문동 608

지만, 이곳에서는 충분히 방해받고 있지 않다는 느낌이 들고 오히려 더 자신에 대해 느낄 수 있게 된다. 자연은 전혀 거슬리는 것이 없다. 말 그대로 자라남과 사라짐까지 존재하는 모든 것의 흐름이 자연스러워서 그 안에서는 어떤 부분도 억지스럽다거나 불필요해 방해된다고 느껴지는 것이 없다. 단지 인간들만이 변덕 많은 욕심에 혼자이고 싶어 하다가도 내버려두지 말아달라고 하는 것 같다. 이곳이 가장 아름답다 느껴질 때는 왕릉 서쪽으로 펼쳐진 들판의 나락이 누렇게 익어 석양과 함께 황금빛으로 물들 때이다.

카페 벤자마스
Cafe Venzamas

　　이른 봄의 오후 여섯시, 해가 낮게 떨어지며 카페를 온통 주황빛으로 물들이고 있다. 노을빛으로 가득 찬 유리상자 같은 카페는 통유리 벽과 창 덕분에 탁 트여 사방의 모든 전망이 다 보인다. 오래 머무르면 풍경의 색이 변하는 모습을 볼 수 있다. 해가 지면서 정원의 조명에 불이 하나둘 켜지는 것도. 둥근 건물 옆에는 ㄱ자 모양으로 분리된 공간도 있는데 그곳은 정원 옆 별실 같은 느낌이 든다. 이 공간이 흡연실이 아니었다면 더 좋았을 텐데 조금 아쉽다.

| 벤자마스

경주시 동천동 160

054. 771. 8008

돌탑

불국사의 크리스마스
Bulguksa

경주 하면 가장 먼저 떠오르는 것이 불국사나 석굴암일 테지만, 막상 그곳들은 부처님 오신 날 같은 기념일이 아니고는 현지인들이 자주 걸음을 하게 되는 곳은 아니다. 불국사는 석가탑과 다보탑으로 유명하지만, 법당 뒤편으로 난 길을 따라 걷다보면 돌탑들이 모인 곳도 좋다. 주변 기와에서부터 돌담 위까지 좁은 틈까지 남김없이 모두 크고 작은 탑으로 이루어져 있다. 그 작은 돌멩이를 쌓으면서 모두들 무겁고 커다란 소원을 빌었을 것이다. 그렇기에 다른 이들이 쌓아놓은 탑을 무너뜨리지 않게 유난히 조심하기도 해야 한다. 엄청나게 쌓인 탑들을 보며 나도 자연스레 작은 돌 하나를 주웠고, 누가 되지 않을 만큼의 돌멩이만한 작은 바람을 담아 조심스레 얹어두고 나왔다.

| 불국사

경주시 진현동 15

054. 746. 9913

am 07:30 – pm 18:00

성인 4,000원 청소년 3,000원 어린이 2,000원

오릉
Oreung

자전거를 빌려 낯선 동네 골목을 헤매듯 달리고 냇가를 지나 담 너머로 소나무 가득한 오릉에 갔다. 봄이 시작되는 3월, 다시 찾은 오후의 오릉. 날이 풀리며 부푼 흙들이 풀밭 위를 걷는 기분을 한결 푸근하게 해준다. 작은 연못가에 앉아 이야기를 나누는 연인, 돗자리를 접고 일어서는 가족들, 떨어진 나뭇가지들을 모으시는 아저씨, 잔가지를 물고 낮게 날아가는 까치. 여전히 다정한 그 풍경들마다 크고 작은 나무들이 가득하니 이걸로 충분하다는 생각이 든다.

| 오릉
경주시 탑동 67 - 1
054. 772. 6903
am 09:00 - pm 17:00(동절기) am 09:00 - pm18:00(하절기) 연중무휴
성인 500원 청소년, 군경 300원 어린이 200원

삼릉

Samneung

때때로 장소는 단편적 이미지, 짧은 순간의 툭툭 끊겨나간 장면이나 소리만으로 기억되곤 한다. 동생들과 장난치며 달리던 내리막의 붉은 흙길. 삼촌의 장난 가득한 웃음소리. 난간에 기대앉아 소나무를 배경으로 포즈를 취하던 친구의 모습. 현기증에 빙글빙글 돌던 소나무 숲이 아득해지며 색이 사라져가던 순간들. 멋대로 휘어져 움직이는 듯한 소나무들. 나무를 포함한 모든 자연물은 다 신비로운 생명체이지만 소나무에게서 느껴지는 신비로움은 그 종류가 또 다르다. 사람마다 다르겠지만, 내게 삼릉의 소나무 숲은 이름이 있는 수많은 초록의 물감과 색연필로는 표현하기 힘든 초록이며 어떠한 원초적 기운을 내뿜는 것이다. 그래서인지 삼릉의 소나무 숲을 배경으로 떠오르는 그 짧은 영상 같은 나의 기억들은 삼릉을 더 신비하게 각인시킨다.

| 경주 배동 삼릉
경주시 배동 73 - 1

옥산서원
Oksanseowon

| 옥산서원
경주시 안강읍 옥산리 7
054. 762. 6567
054. 761. 2211
am 09:00 – pm 20:00

　지척에 두고도 갈 마음을 잘 먹지 않
는 곳이 있다. 옥산서원도 그런 곳이었는
데 한번 걸음을 하고 나니 이따금 생각나
곤 한다. 계곡의 작은 폭포에 물 흐르는
소리가 끊임없이 들리던 옥산서원.
서원 안 무변루의 닫힌 나무문을 모두 걷
고 누각에 올라 산 아래 물이 흐르는 쪽을
바라봐도 참 좋을 텐데- 생각을 하니, 이
곳이 강학을 위한 서원이긴 하나 사람이
라면 응당 이런 곳에 머물러야 하는 것이
아닌가 싶었다. 옥산서원을 둘러보고 나
면 독락당과 정혜사지 13층 석탑까지 걸
으며 마을을 둘러본다. 조용한 마을 어귀
나무마다 새가 후드득 나뭇잎을 털며 날
아가고, 꼬리를 흔드는 강아지처럼 곁에

와 몸을 부비며 애교 부리는 고양이도 만나고 참한 눈의 소와 송아지들도 만난다. 걸어 들어가는 오른편은 나무가 빼곡한 산, 왼편은 그림처럼 층층이 물러서는 산과 저 먼 앞을 내다봐도 가물가물 멀어져가는 산이 보였다. 그뿐 아니라 크지 않은 논과 밭을 보는 것도 즐거운 일이다. 평일에도 한가로이 거닐 시간이 있어 돌아다니다 일하는 이들을 마주치면 머쓱해지기도 하지만 그럴 수 있음이 지금 내가 가진 전부이니까.

시간이 있을 땐 시간을 쓰라 했다. 내게 언제까지 이런 시간이 주어질진 모르겠지만 계절이 바뀔 때마다 한 번씩 더 걸음을 해야지, 생각하며 저멀리 뒤따르는 고양이를 한 번 더 돌아보고 온다.

안강장
Angangjang

　뻔한 이야기일지도 모르겠다. 재미없고 흙먼지 날리는 촌구석 시장이 싫기만 하다가 지나고보니 어느 순간 그곳에서 진짜 사람을 만나고 세상을 만났다, 하는 식의 이야기. 머무르는 곳에 따라 새로운 생활 반경이 시작되고 가본 적 없던 곳을 가게 되는 것은 도시의 크기와 상관없는 것 같다. 작은 도시인 경주이지만 그 안에서도 중심지 쪽에 살면서 그 세상이 전부인 줄 알다가 외곽으로 이사를 가고보니 또 내가 상상도 못했던 동네와 사람들이 있었다. 그때가 초등학교 5학년이었다. 고작 15분 거리의 낯선 곳으로 갔을 뿐인데 아이들은 더벅머리에 촌스러웠고 마트 하나 없는 동네는 불편할 것 같았다. 시골 오일장에 대한 감상적인 시각이 아닌 장에 나가는 사람들의 삶을 보게 되니 그들로 이루어져 시작되는 장에 대한 시각도 완전히 바뀌었다. 때때로 농법이라던가 사람을 대함이 서투르기도 하지만 무던하고 묵묵한 세월에는 전혀 서투르지가 않은 사람들. 안강장은 요즘 들어 정돈되어가는 재래시장들처럼 똑같이 짜인 좌판이 펼쳐지는 것도 아니고, 천장이 있는 편리한 시장도 아니다. 그저 상가 앞, 찻길, 공터 어디든지 전을 펼치고 저마다의 수확물을 내놓는다. 이곳은 아직까지도 보자기 펼쳐놓고 땡볕에서 하루종일 캐냈을 나물을 듬뿍 쌓아놓고 있는 할머님들이 많은 곳이다. 저마다의 인생이 묻어 있는 흙 묻은 먹을거리들과 아무렇게나 펼쳐놓았지만 잘 보면 어여쁜 보자기들을 만나러 나는 또 엄마를 앞세워 장으로 간다.

| 안강장

경주시 안강읍 양월리 1350 - 1 일대

054. 761. 3001

황성공원, 경주시립도서관
Hwangseong Park and Gyeongju City Library

경주에서 유일하게 '공원'이란 이름을 가진 황성공원.
아주 옛날엔 화랑들의 훈련터였다고 한다. 그래서인지 김유신 장군의 동상도 공원
언덕 위에 있다. 내가 어릴 때만 해도 황성공원은 학교연합 체육대회에서부터 백일
장, 그림대회에 소풍까지 만능 장소였다. 엄마 어릴 적에는 이곳이 지금의 공원이
아닌 황성숲이라 불리웠고 숲속엔 시내와는 시간대가 다른 듯한 작은 마을까지 있
었다 한다. 그후 마을은 이주를 하게 되고 지금처럼 상수리나무와 소나무가 우거진
숲을 보존하게 된 거라고 한다. 그렇게 자연 그대로의 모습이던 숲이 시간이 흐르
면서 숲 북쪽으로 신시가지가 생겨나고 사람들이 모이고. 사람들의 삶과 가까워지
면서 어둡고 원시적이던 숲에 길이 나고 의자가 생기고 공원이 된 것이다. 그후 시
립도서관에 실내체육관, 문화공간까지 나란히 자리해 경주사람들에겐 더없이 익숙
한 곳이 되었다.

| 황성공원
경주시 황성동 산 1 – 1
054. 779. 8771
054. 799. 6711
| 경주시립도서관
경주시 황성동 370
054. 745. 2074
am 09:00 – pm 18:00 월요일 휴관

젊은 시절 이곳에서 씨름대회가 열리면 국밥도 먹고 씨름도 구경하던 남자들은 이제는 할아버지가 되어 공원 벤치에서 모여 이야기를 나누고 그때 국밥장사를 하던 여자들은 할머니가 되어 나무 사이를 웃으며 걷곤 하겠지.

외딴 숲은 시간이 흐르며 인간에 의해 인간생활에 어울리게끔 변해온 것이지만, 자연스럽게 그에 응해주며 당연하고 익숙한 듯 배경이 되어 있는 이곳이 얼마나 고마운지 모른다. 그럼에도 이따금 공원 안으로 난 길을 거닐다보면 한순간 조금은 거친, 자연 그대로의 어둠과 기운이 바람과 함께 느껴지면서 다시 눈을 뜨게 되는데 그런 점이 황성공원의 매력이다.

시골밥상
Sigolbabsang

개인 차가 있겠지만 내 생각에 경주는 맛의 고장은 아니다. 경주뿐 아니라 어딜 가나 소개되는 맛집은 여럿 있지만 정작 현지 사람들은 잘 찾지 않는 곳도 많고, 요즘의 맛집 소개는 정성들인 맛보다도 돈들인 맛으로 평가되고 광고되고 있으니 믿고 걸음하기 힘들다.

'시골밥상'은 특별히 뛰어나게 다른 맛이 있다고 할 순 없지만 주인내외 분의 참한 모습에 마음 놓고 식사할 수 있는 곳이다. 항상 머릿수건과 앞치마를 하시고 반갑게 맞아주시는 아주머니와 수저 하나를 놓는 것에도 정성을 다하고 부족한 건 없는지 챙겨주시는 아저씨의 모습에 밥은 더 따뜻하고 정갈한 반찬들도 맛있게 느껴진다. 음식에 정성이 들어가는 것은 그 밥상을 받는 이에게도 기쁨이지만, 요리가 되는 모든 재료에 대한 존중의 표시이기도 하니 그 마음에 감사히 먹게 된다.

| 시골밥상
경주시 동천동 808
054. 773. 2939

송화도서관
Songhwa Library

　작은 산 비탈에 생긴 지 얼마 되지 않은 작은 도서관.

도서관이라는 곳은 필요에 의해서도 많이 찾게 되지만 그 존재 자체라든가 발음이

라든가 하는 것들이 낭만적으로 여겨져 살게 되는 곳마다 도서관을 찾아간다.

서울은 워낙 큰 도시이다보니 동네마다 도서관이 하나씩은 있었지만 경주는 황성

공원에 있는 오래된 시립도서관이 내가 알던 유일한 도서관이었다. 송화도서관은

황성공원의 도서관과는 전혀 다른 현대식 건물에, 아직 많은 사람들이 이용하지 않

아 대부분의 책이 새 책이다. 크진 않지만 책을 읽다 눈길을 줄 수 있는 창이 트여

있고, 부분부분 노란 벽에 기분이 좋아져서 자주 걸음하여 책을 보고 싶은 기분이

드는 곳.

| 송화도서관

경주시 충효동 448

054. 779. 8907 ~ 8

am 09:00 – pm 18:00 월요일 휴관

내비게이션이 편리하다지만, 수년째 우리집에 놀러오시던 분이 내비게이션이 고장나 한참 길을 헤매다 오신 것을 보니 조금 서글퍼졌었다. 먼 길엔 필요할 수도 있지만 가까운 이의 집으로 향하는 길마저 기계의 지시대로만 다니는 것이 슬프게 여겨진다. 어릴 적엔 내비게이션이 없기도 했지만 가족과 차를 타고 놀러 가면 앞 좌석 등받이 시트에 꽂혀 있는 전국도로지도를 꺼내 아빠와 같이 길을 찾아가고 그러다 헤매기도 했었다. 물론 경주는 익숙하기도 하고 내비게이션 없이도 충분히 다닐만한 곳이지만 어린 시절 기억의 영향 때문에 낯선 길을 갈 땐 미리 지도로 길의 방향을 외워둔 뒤 표지판과 길 위의 신호를 눈여겨보며 다닌다. 그래도 이따 금 길을 잃기도 하고 헤매다 다시 돌아가 다른 길로 빠져보기도 하는데, 그러다보 면 새로운 길을 발견하기도 하고 전혀 새로운 풍경을 마주하기도 하니 이또한 덤 으로 얻는 행운이 아닐까.

천마총 돌담길에서 통일전까지, 풍경의 변화
Cheonmachong Doldamgil to Tongiljeon

내비게이션을 이용하면 주로 크고 쭉 뻗은 도로 위주로 안내를 한다. 그래서
박물관이나 통일전으로 향할 때는 대부분 산업도로와 이어진 큰 길로 가지만, 사
실 조금 돌아가면 한적한 시골길을 만날 수 있다.

천마총 돌담길에서부터 경주 대부분의 길은 봄철 벚꽃이 만발할 때부터 가을 낙엽
이 가득할 때까지 항상 풍요로움을 준다. 조금은 돌아가는 통일전까지의 길은 울
퉁불퉁 편치 않은 찻길이지만 사계절 어느 때에 가도 탁 트이거나 나무로 가득한
풍경이 좋다. 자전거는 물론 더러 걷는 사람들도 종종 만날 수 있는 반가운 길이기
도 하다. 중간중간 골목이나 다른 길로 빠지는 길이 있는데 언젠가 산림환경연구
원 뒤편으로 난 길을 들어갔다가 작은 텃밭에서 뒹굴며 햇볕을 쬐던 고양이 가족
을 만난 적이 있다. 낯선 길은 때로 불안하지만 볕 좋은 날엔 그런 소소한 만남을
기대하게 되니 이제 서슴지 않고 가게 되었다. 산림환경연구원 숲 안쪽으로 바깥 길과 통하는
자전거 길을 공사중이라고 한다. 그 길이 다 만들어지면 숲속을 달릴 수 있을 날을 기다리고 있다.

오릉에서 삼릉까지
Oreung to Samneung

　좀더 자세히, 그럼에도 속도감 있게 풍경을 보려면 자전거가 제일 좋은 것 같다. 걷기엔 조금 막막한 길이나 차는 들어가기 힘든 길도 자전거는 얼마든지 가볼 수 있으니까. 오릉까지 가는 길은 그런 자전거와 잘 어울린다. 마을 깊숙이 들어갔다 나오기도 하고 작은 천 위의 다리도 건너면 나무가 가득한 오릉이 보인다.

오릉에서 잠시 산책 후 다시 삼릉으로 향한다. 여기부터는 쭉 뻗은 길을 따라가면 된다. 차가 다니는 길이라 위험하거나 시끄러울 수도 있지만 찬찬히 풍경을 즐길 생각을 하면 도로의 자동차를 걱정할 겨를이 없다. 언젠가 한여름 친구와 자전거를

타고 달렸던 푸른 길과 저녁식사 후 돌아오며 만났던 노을 지는 풍경의 길은 같은
길이지만 전혀 다르게 보였다. 풍경은 계절과 낮밤의 시간 차에 따라서 어느 때건
그에 어울리는 좋은 모습을 갖춘다. 그 풍경 속으로 달리는 우리들은 과연 그 풍경
에 잘 어울렸을까.

    사전을 찾아보면 서정적이란 것은 '정서를 듬뿍 담고 있는, 또는 그런 것'이고, 정서는 '사람의 마음에 일어나는 여러 가지 감정, 또는 감정을 불러일으키는 기분이나 분위기'라고 나와 있다. 입시 준비로 서울의 미술학원을 다닐 때, 나는 특히 세련된 입시 그림을 그리지 못하는 편이었다. 매일 같은 것을 보고 그리면서 외워 그리는 것도 못했고 뭔가 누릿한 것이 촌스럽게 여겨져 고민이 많았는데 그때 그림을 봐주시던 선생님께서 문득, '네 그림은 서정적이어서 좋아. 걱정할 것 없어'라고 하셨다. 위로의 말인가? 조금 아리송하면서 한편으론 시골 출신인 내 정서대로라면 누릿하고 촌스러운 그림이 당연하겠지, 라고도 생각했다. 하지만 그때 그 말 이후로 나는 좀더 내가 가진 감정에 자연스러워지려 했고 '서정적'이라는 말은 그때부터 아직까지도 내게 남아 오래 머무르고 있다. 낯선 도시에 도착해서야 그동안 무심했다고 여겼던, 나를 감싸고 있던 풍경의 감정이 어렴풋이 떠올랐다. 또 그것이 앞으로 나를 지탱해줄 것이란 확신이 들었던 것 같다. 경주에 대해 되돌아 살펴보지도 않고 저절로 스며들어 있던 기운으로 버티듯 지낸 타지에서의 7년에 가까운 시간. 그후 다시 경주로 돌아와 봄, 여름, 가을, 겨울을 생전 처음 맞이하는 사람 같이 1년을 보낸 후에야 나는 제대로 이 서정적인 풍경을 마주하게 되었다. 이제 겨우 시작점에 다다랐을지도 모르겠다. 이제라도 내가 경험하고 살아온 곳에 대한 아름다움과 다정함을 기억하려 한다.

303

어느 날 문득, 춘천 전주 경주

ⓒ 이지예 조안빈 2013

초판 1쇄 인쇄 | 2013년 7월 3일
초판 1쇄 발행 | 2013년 7월 10일

지은이 | 이지예 조안빈

펴낸이, 편집인 | 윤동희

편집 | 김민채 홍성범
디자인 | 윤지예
종이 | 120 팬시 크라프트 (커버)
210 실키카펫 sw (표지)
95 미색모조 (본문)
마케팅 | 한민아 정진아
온라인 마케팅 | 김희숙 김상만 이원주 한수진
제작 | 서동관 김애진 김동욱 임현식
제작처 | 영신사

펴낸곳 | (주) 북노마드
출판등록 | 2011년 12월 28일 제406-2011-000152호

주소 | 413-120 경기도 파주시 회동길 216
문의 | 031.955.8886 (마케팅)
031.955.2646 (편집)
031.955.8855 (팩스)
전자우편 | booknomadbooks@gmail.com
트위터 | @booknomadbooks
페이스북 | www.facebook.com/booknomad
ISBN | 978-89-97835-28-7 13810

북노마드